2023.06

旅行者 上

作者 Div
插畫 鸚鵡洲

目錄

~到此刻，我忽然懂了，這個世界，並非只有我們~

第一章　G16電腦遊戲

「下班囉。」我關了電腦，將桌面上的雜物稍做整理，起身準備離去，現在的時間是晚上七點半。

比法定下班時間五點半慢了兩小時，但對身為設計工程師的我們而言，並不算是太晚下班。

「阿海，等一下。」這時，坐在隔壁的同事阿凱，從隔間牆後面探出頭來。「你今天晚上有什麼活動嗎？」

「不知欸。」我將背包掛上了單肩。「你有什麼計畫嗎？」

「G16？」阿凱看著我，目光灼灼。「九點準時上線？」

「喔。」我點頭，「好，九點線上見。」

我的名字叫做阿海，今年二十八，進入職場，已經邁入第五年。

我是一名工程師，專司研發與設計工程師，主要是針對科技產品的關鍵零件，設計其中的光學結構或電路走線。

掛上「研發」兩字感覺上光鮮亮麗，事實上就是不斷的讀論文，歪頭苦思，模擬，測試，失敗，繼續歪頭苦思，繼續測試，繼續失敗，順利的話，一百次能成功一次，如果不順利的話……那很好，破千次也不是什麼奇怪的事情。

很多人，就在這過程中失去了他們的頭髮，變成禿頭。

很多人，就在這過程中失去了他們的六塊肌，換成水桶腰。

這樣的工作，一開始挺有趣，接連不斷的挑戰讓你常需要挑燈夜戰不眠不休，但當進入了五年之後，當你對一切事物都已經熟悉無比時，自然會產生一種倦怠感。

而且，現在也不比菜鳥時期，那時我們整天被罵，但一到晚上，我們仍會呼朋引伴，明明上了一天班累得要命，還是會去運動、唱歌，或是找好吃的店。

五年後，當那些老同事紛紛轉換了跑道，自己不知不覺變得沉默了，也許因為新工程師進來了，他們形成了新的小團體，而你這個單身的舊人，與他們格格不入，於是，你越來越習慣一個人下班。

剩下的，大概就是阿凱這種與你有相似背景的老鳥，以及最後的共同興趣，G16。

G16是什麼？簡單說，它是一種電腦遊戲。

它是所謂的「即時戰略」，簡稱RTS（Real-time Strategy），這是在一個短短時間內，兩組人馬從零資源開始，開始採資源，蓋房屋，訓練軍隊，直到與另一組玩家正面對決，決一死戰。

G16在我研究所時從網路上崛起，經過數年的發展，大概在兩三年前達到顛峰，然後玩家數目又漸漸下降。

但就算顛峰已過，全球玩家仍有五百萬人，甚至舉辦過多次世界大賽，絕對稱得上是即時戰略的一代經典。

我和阿凱從研究所就認識，依然保持著玩G16的習慣，只是現在已經沒有辦法像學生時期投入這麼多時間，對我們而言，每一次的上線組隊，不像是爭奪排名，反而像是與線上老友敘舊。

邊打邊聊天，殺時間為主，勝負反而變得其次了。

這，就是我截至目前為止的人生，二十八歲的自己，進入職場五年，與學生時代自己的勇敢、強悍、充滿夢想完全不同。

變得沉寂而孤傲，茫茫不知接下來的方向究竟為何？

不過，就在此刻，我的生活卻發生了變數。

這變數極為巨大，因為變數中走進了一個人。

她來自網路，而她的名字，就叫旅行者。

☆★☆

「上線了。」當時針到了九點，我的英文名字出現在G16的玩家選單上，是Hercules，這名字是源自希臘海克力斯，所以我綽號阿海。

而線上早有另一個英文名字在等待我，Jason，正是阿凱的代號。

「遲到了一分三十六秒。」Jason丟了訊息給我，訊息後面還跟著一個怒臉。

「才一分三十六秒，這麼計較？」我回訊，我知道阿凱對G16有著比我還多上十倍的熱愛。

但才一分三十六秒就生氣，心理素質也太差了吧？

「快點，我看到網路上最有名的C-team上線了。」阿凱的字裡行間透露著興奮。

「C-team雙人組都上來了，快點，我要丟挑戰帖了。」

「喔。」我抓了抓頭髮，挑戰帖，是G16遊戲中的一個設定。

當你遞上挑戰帖，對方可以選擇是否要交戰，若答應，一場廝殺就會展開。

按照G16的對戰方式，最多可以容納到八隊，也就是四打四，隨著人數不同，遊戲地圖會有所變化，而使用的戰術當然也隨著人數與地圖而不同。

G16的世界大賽中，也區分成四個級數，一對一，二對二，一對一是所謂的PK高手，而四對四則是團體戰的整體運作結果，各有學問，各有精彩，當然，這也是G16會風靡全球的關鍵之一。

不過比較起各種級數的受歡迎程度，還是二打二最多，因為它既沒有一對一戰術這麼單調，但也沒有四對四打起來這麼複雜，需要人數這麼龐大，三五好友一約，就可以在線上掛上自己的挑戰牌。

而我和阿凱因為剛好兩人，所以主打二對二的戰役，偶而會有一個名叫 Argus 的隊友會加入我們。

只是至今我和阿凱仍搞不太清楚他是誰，但他的實力強的沒話說，無論是他和我或阿凱組隊，勝率都能超過百分之八十。

而在我們熟悉的G16二打二世界裡，有一隊被公認為地下王者，叫做 C-team。

而且，還是惡名昭彰的佼佼者。

沒有人知道他們是來自哪個國家，只知道他們不只能征善戰，還非常沒有禮貌，勝利時冷言冷語，讓被他們擊敗的玩家，倍感羞辱。

最常聽到的幾個詞就是……「真沒用。」「好無聊。」「還有更強一點的嗎？」

什麼叫做真沒用？好無聊？玩家們開始憤怒，在G16專屬的論壇上互相通報，賭上自己的名譽，集結各路二對二好手，要給 C-team 好看。

對 C-team 挑戰書，其時程甚至排到三個月之後。

可是，令人更怒的是，偏偏就是沒人能擊敗他們，許多成名高手都栽在 C-team 手下，久而久之，挑戰者越來越少，C-team 也越來越囂張了。

有人開始傳言，C-team 其實並不是一般的玩家，他們可能是別的遊戲公司花錢買的傭兵，花高價每天特訓，目的是羞辱G16的玩家。

甚至有人說，C-team 雖然專打二打二，但事實上應該不是兩個人，他們有超級電腦隨時分析敵方數據，並進行戰術模擬，事實上 C-team 是一個十人團隊。

這些傳言更是不斷被誇飾，改造，變的荒謬異常，但傳言歸傳言，現實仍必須面對。就算 C-team 如此令人討厭，此刻來自世界各地的G16高手們，動不了他們，就是動不了他們。

不只如此，C-team 還有一個習慣，就是會將他們所擊敗過隊伍的徽章，貼到網路上，轉眼網頁已經連著三四頁，被擊敗的徽章也超過八十個了，彷彿斬首示眾般的宣告，更激起了其他玩家的怒火。

其中一團炙熱無比的怒火，正是 Jason，阿凱。

他從三個月前就開始對 C-team 排隊遞上戰帖，終於，在今晚九點，當上一個隊伍臨時缺席後，阿凱和我，遞補上了。

二對二，目標，擊敗這隊囂張的隊伍，C-team。

☆★☆

「欸，阿凱，遲到一分鐘，火氣不要那麼大嘛。」我說：「C-team 又不會跑，更何況，他們這麼厲害，我們也不一定打得贏……」

「阿海，你別長他人威風，你別忘了我們當年也是……」

「當年是當年啊。」我搖頭。「現在都工作幾年了，早廢了，而且現在戰術不斷演化，我們那些老掉牙的戰術，早就過時了。」

「不會的，戰術進化就像是ＮＢＡ籃球，主要是像四打四這種多人戰鬥，我們這種少人對戰的，就像是街頭籃球，最終講究的還是操作者的技術，還有一點手氣運氣。」

阿凱回訊：「我們還是有勝算的！」

「嗯。」我想了想，阿凱也算講的有道理。

我和阿凱從學生時期就認識了，當年我們的確攜手創造不少精彩的Ｇ16記錄，但，過去是過去，現在卻是現在啊。

雖然我不太在意勝負，但若失敗，自己的徽章被掛上 C-team 的首級榜上，也挺丟臉的哩。

「別管了，比賽要開始了。」阿凱訊息來了。「準備好了嗎？我們要在二十分鐘內，解決 C-team ！」

「喔，不要二十分鐘被解決就好了……」我將注意力轉回了遊戲介面，果然，象徵著比賽開始的倒數數字已經浮現。

「呸呸呸！烏鴉嘴！」

五，四，三，二……一！

G16，惡名昭彰卻未嘗一敗的 C-team，還有這個二十八歲，被職場生活消磨到失去方向的我，即將在這個晚上，展開一場過去從未想過的全新體驗。

比賽開始。

G16的比賽，大致上分為兩部分，一是升級，二是攻擊。

「升級」主要是透過G16地圖上的資源進行簡單的建設，製造食物，培養士兵，打造武器，等到士兵數目增加，就是所謂的升級完成，就會進到第二部分，那就是戰鬥。

而升級的重點，想當然爾，那就是「速度」。

要提高速度，就要在地圖上找到食物，以最有效率的方式建造工廠，最精湛的技術訓練士兵，這些都是被玩家們反覆的研究過，甚至有人寫出了各式各樣的數學曲線，把遊戲當作科學來研究。

當升級完成，整個遊戲中最刺激的部分就上場了，那就是兩軍交鋒。

戰鬥的部分，包含了尋找，接觸，戰術廝殺，引誘，退回基地，狙殺，反擊，配合隊形，聯合隊友，追逐逃兵，風雲再起，到最後完全殲滅另一方。

整場遊戲約莫十分鐘到二十分鐘的時間，玩家從什麼都沒有到取得勝利或是失敗，短短十幾分鐘體驗了一場帝國興衰，更是Ｇ16風靡的原因。

而當我們進入了遊戲介面，我們和 C-team 的戰役就開始了。

升級，升級，升級。

當我一進入遊戲，就像是打開了內心某個開關，所有的情緒都會被擺到一邊，盡情享受遊戲給我們的刺激感。

「這一次升級，超順。」我情緒高昂，也許是運氣好，也許是真的被 C-team 激起了怒火，我打破以往的記錄，以超快的速度升級完成，然後開始製造士兵。

時間，五分十六秒。

我的士兵已經完成，然後一批一批武器也被從工廠送出，同時間，我派出偵查兵開始找尋 C-team 基地的位置。

時間，六分十一秒。

我已經掌握了 C-team 的位置，而我注意到阿凱也升級完成，他開始製作士兵。

時間，七分整。

我出兵了。

時間，七分八秒。

我與 C-team 第一組人馬交鋒。

時間，八分十五秒。

我的升級速度太快，士兵製造速度又驚人，C-team 的第一個玩家雖然也是高手，卻被我殺得措手不及，剛生出來的士兵跟不上我的殺戮速度。

這是屠殺，我用自己的兵，對 C-team 的第一個人展開了瘋狂的屠殺！

時間，九分二十二秒。

C-team 的第一個人開始逃亡了。

而我收到了阿凱那邊傳來的訊息，在百忙之中，訊息只有三字，「超愛你！」

我笑了，我可不想與這廝白頭偕老，但我知道阿凱的意思，我的這仗打得超漂亮，C-team 第一人被我擊潰，轉眼，就要對上第二人了。

時間，十分十一秒。

阿凱與 C-team 第二人展開捉對廝殺，一時間，雙方勢均力敵。

時間，十分四十秒。

阿凱慢慢屈居弱勢，但就在接下來的十秒，戰場的風，轉向了。

因為，我來了。

時間，十分五十秒。

我的部隊與阿凱會合了，變成二打一，情勢大好。

因為阿凱有將我們與 C-team 對決的消息，寫在論壇上，甚至丟上自己的直播連結，也就是說，所有人都可以透過阿凱的螢幕，關注這場 C-team 之戰。

當我們局勢逐漸壓倒 C-team，連帶的，積分我們也已經領先了 C-team。

時間，正進入十二分鐘。

觀看阿凱直播的玩家，從國內到國外都不斷激增，竟然破了一萬人同時觀看，這一萬人都隱隱意識到了一件事。

我和阿凱，這個老骨頭的隊伍，似乎有那麼一點可能，擊敗這支惡貫滿盈的傳奇 C-team。

所有人都在期待，這個改變歷史的瞬間。

時間，十三分二十六秒。

C-team 第二人的陣營開始敗退，我和阿凱聯手取得了優勢，但，戰鬥到此尚未結束，因為G16的戰鬥歷史中，逆轉絕殺可說是司空見慣的。

C-team 仍可誘敵，仍可布下重重陷阱，任何一絲誤判都有可能讓情勢逆轉，這也是G16會讓玩家屏息到最後一秒的原因。

時間，十五分六秒。

按照慣例，時間超過十五分，通常戰局都已經接近尾聲，因為地圖上的資源也都被開採殆盡了。

此刻，我和阿凱已經取得了絕對優勢，雄壯大軍集結，然後來到了 C-team 的大本營之前。

「衝？」阿凱送來訊息。

阿凱的性格強硬，向來主戰，他認為我們的軍力足夠，這時候衝進去 C-team 的大本營，不要給他們任何喘息的機會。

「……」而我還在思考，我眼睛緊盯著螢幕，要衝嗎？C-team 可不是一般的隊伍，他們一定會擺上陷阱，但時間就是最重要的資源，如果放任 C-team 休息，他們遲早會創造出更強大的軍隊……

「不衝。」我回訊。

「不衝？」

「留三分之二的兵在這裡。」我打字。「剩下三分之一的兵，和我來，我們從背後偷襲 C-team。」

留三分之二的兵在原地，用三分之一去偷襲。

「好樣的，你不只要破陷阱？還要裝設反陷阱？」

「正是。」

事實上，這是非常危險的，兵力分散，無論是三分之一或是三分之二那一邊，都可能因為兵力不足而被 C-team 澈底反擊而崩潰。

這是險招，極險之招。

當時間，進入十六分鐘時……

我證明了一件事，我的戰術，賭對了。

和我們對賭的 C-team 賭錯了方向，他們轟然一聲傾巢而出，要將我留下的三分之二軍隊殲滅，但當他慢慢取得優勢之時，他似乎也發現了一件事。

太少了！

我們的兵，只有三分之二，太少了！

一陣兵慌馬亂中，他們緊急調兵回基地，但我和阿凱的三分之一兵，卻已經在他們老家做好了準備。

絕殺。

勝負幾乎已分，就差我和阿凱兩個軍隊合一，然後清掃剩餘的 C-team 兵馬了。

網路上，各路玩家發出歡呼，他們留下各式各樣狂歡的留言，並且都準備好，要替這歷史性的一刻，留下最尖酸刻薄的話語來嘲諷 C-team。

時間，十六分五十四秒。

雖然情勢大好，但我仍不敢懈怠，我有效率的追殺每個 C-team 士兵，C-team 畢竟是百足之蟲，死而不僵，這時候有任何閃失，他們都可能發展出足以逆轉的實力。

只是，這個瞬間，我的眼前卻發生了一件事！

一件所有玩家都不願發生的事，一件所有遊戲玩家都會哀號的事件，竟然在我面前血淋淋的發生了。

我眼前的螢幕，彷彿被按下時間暫停的按鈕，瞬間停住了。

當機了!?

時間，十七分整時。

我配備優良，記憶中從未當機的電腦，竟然在此刻，莫名其妙，沒有任何徵兆……

當機了！

☆★☆

「靠！」我大吼，用力按著鍵盤，但電腦上的遊戲畫面卻動也不動，這是電腦當機的徵兆。

時間，十七分十五秒。

雖然我們現在獲得了極大的優勢，但如果少一個人，以C-team的隊伍實力，非常可能展開逆轉，畢竟他們是C-Team啊！

很快的，我發現我的電腦似乎不是當機，它處在一個非常奇妙的狀態，說是當機，但卻仍在運作，有如所有的磁碟都在運轉某一個怪異的程式，就是這程式讓電腦系統錯亂了。

這一個怪異的程式，正在我的硬碟中，恣意流竄著，而我的Ｇ16就是因為它，而失去了控制。

時間，十八分十九秒。

「不行了，完全不受控制，直接重開機。」來軟的不行，只能來硬的了，我彎下腰，手指按住電源鈕，要以硬體的方式強迫電腦重新啟動。

更奇怪的事情發生了，強制關機沒有用！

電腦的電源依然供應著，像是一個頑強的老頭，不肯就此闔上雙眼。

「奇怪，奇怪，奇怪。」我眼睛瞄了一眼時鐘。

遊戲時間應該已經過了十九分鐘，距離我當機，過了二分鐘了，不知道現在G16的戰況如何？可惡。

我猶豫著，要不要乾脆把電腦插頭拔掉之際，忽然產生一個古怪的感覺。

一種預感。

我蹲下，鑽到了這台電腦主機的後側，在黑暗中找到了那條線。透明的，閃爍著綠色光芒的線。

就是你了，網路線。

然後我拇指與食指夾住了網路線，輕輕一拉。

咖的一聲。

網路線應聲脫離，網路立即中斷。

而我再次回到螢幕前，那個讓系統錯亂的東西，似乎還在。因為我發現桌面上每個捷徑，都依序一個一個的發著光，彷彿有人把這些捷徑當作樓梯，一個一個的往上踩著。

「這是怎麼回事？」我低語，眼睛瞇起，看著螢幕，我從大學開始接觸電腦這領域，不知道幫過多少女生組裝電腦，不知道榮登多少次電腦好人王，但，我從未碰過這樣的狀況！

我的電腦裡面，有東西？

有東西在我的電腦裡？

那是什麼？

時間上，與G16的戰鬥，已經二十分鐘整了。

我電腦的古怪現象，讓我短暫忘記G16打敗C-team只差臨門一腳的憤怒，忍不住歪著頭，開始思考起來。

而就在我納悶之際，忽然，我身邊的手機響了起來。

我順手拿了過來，按下接通。

「可惡！可惡！可惡可惡可惡可惡啊！你在搞什麼東西啊！阿海！」

我還沒來得及說話，電話那頭，就是阿凱連珠砲般的髒話。

「幹……幹嘛啦？」我急忙把電話遠離耳朵。「幹嘛那麼激動？」

「都是你！混蛋！你幹嘛突然不動啊，害我們……害我們被逆轉了啦！」阿凱不只髒話連篇，語氣更帶哭音。「差一點欸，差一點我們就贏 C-team 了欸，你是怎麼搞的啦！線上玩家超過三萬人同時關注，我們差點贏了欸！」

「還有什麼原因，當然是當機了。」我小聲且無奈的說：「這我有什麼辦法？」

「可惡！可惡！可惡啊！」阿凱狂叫：「你電腦配備不是超高級的嗎？你不是會購買防毒程式嗎？你不是電腦迷嗎？怎麼會說當就當？」

「我阿知。」我聳肩，雖然我對勝負沒有那麼在意，但最後因為電腦當機而讓Ｇ16被逆轉，的確還蠻悶的。

「可惡，我看到了，我看到 C-team 把我們的徽章放上去了啦！可惡，下次挑戰又要排隊到三個月以後了！」阿凱電話那頭的聲音，除了暴怒，真的還挺沮喪的，不免讓我有點小內疚。

「勝負難免嘛。」想到這裡，我心情也悶，拿著手機走到床邊躺下，暫時不管電腦當機時所出現的異象。

「論壇上都是我們與 C-team 的討論，大家都喊可惜，差一點欸！他們說 C-team 的不敗神話終於要破滅了，要被我們這一隊給改變了。」

「嗯。」我也覺得悶啊。

鬱悶的情緒，讓我忍不住再看了電腦一眼，現在的電腦似乎安靜下來，那古怪的東西，到底是我的錯覺，還是只是單純的程式錯亂呢？

「氣死了！」阿凱還在叫，「不講了，我要去論壇了預約下次挑戰了，咦，Argus這傢伙上線了，他說，『好精彩的一場比賽』。」

「精彩？不就輸了嗎？」我躺在床上，打了一個哈欠，睡意漸濃。

「Argus說，下次找他組隊，他也想參加這麼精彩的比賽。」阿凱說：「咦？阿海，你想睡了啊？」

「是啊，你怎麼知道？」

「聽你在打哈欠，人家打電動都是越打越High，怎麼你反而顛倒？」

「很耗腦啊。」

「耗腦？你真是一個怪咖，算了，我去和Argus討論這場比賽了，」阿凱情緒終於稍微平復下來了。「對了，記得去檢查一下電腦！下次不要再當了！聽到沒？」

「嗯，再說啦，明天見。」

切斷了電話，我可以感覺到睡意占據了我所有的意識，不用幾秒，我就進入了夢鄉。只是，我不知道的是，當我睡著之時，我的電腦螢幕又閃爍了兩下，然後一個東西，在螢幕上快速來回彈跳，似乎拼命想找到出口，但最後卻徒勞無功地緩慢沉到螢幕下方，然後消失了。

第二章　神秘的超級病毒？

第二天，不管昨晚的遊戲比賽多刺激，還是依然得上班，繼續在設計與實驗中奮戰不休。

而當時間到了晚上七點，我收拾自己的筆記型電腦，準備下班。

「今晚，再來玩Ｇ16？」這時，阿凱再次從隔間中探出頭來。

「不了，今晚要去游泳。」

「太健康了吧？」阿凱抓了抓頭髮，「又沒有女友，那麼注意健康幹嘛？」

「交女友之後反而沒時間運動吧？趁現在單身把身體底子打好啊。」

「那游完泳呢？九點上線？」

「要去逛一下書店。」我說。

「靠，這麼文青？又沒有女友，你裝了滿肚子的學問幹嘛？」

「交女友以後反而沒時間看書了吧？趁現在單身把文學底子打好啊。」

「這句話剛用過了。」

「有嗎？」
「算了。」阿凱聳肩，「你就是不想上線……咦？等等，難道……」
「什麼難道？」
「你難道是因為昨天的突然當機，輸給了 C-team，而感到挫折吧？」阿凱把臉湊了上來，作勢觀察著我的表情。「哎啊，看起來很冷靜，其實你很在意吧？小小的心靈受傷了嗎寶貝？」
「誰跟你寶貝！」我哼了一聲。「我要下班啦。」
「哈哈，好啦，根據戰帖的排隊順序，下次對決 C-team 是三個月後，」阿凱又抓了抓頭髮，「不過奇怪的是，今天 C-team 卻在網路上留言，指明要找我們哩，他們向來都是被邀戰的，這次卻主動找我們耶。」
我聽了也覺得有點奇怪，但倒沒激起什麼情緒。
「再說啦。」我已經轉身準備離去。
「今晚我會找 Argus 一起打 G16，如果你想通了，就上線吧。」
「……」關於這最後一句，我已經沒有回答了，我已經走出了需要回答的距離範圍了。
等一下要去游泳，然後去買幾本書，至於阿凱所言，我是不是因為昨天的當機而感到內疚？我很難形容此刻的感覺。

只能說，討厭。

我不在意自己能否因為擊敗 C-team 而替玩家雪恥，畢竟這是遊戲，勝負乃兵家常事，但我討厭那種幾乎要獲勝，卻功虧一簣的感覺。

就像是一場期待已久的足球賽，我開球後，穿過層層敵方球員，帶球殺過半場，然後假動作騙過敵方，一個完美無缺的時機，我將球踢向了球門。

這是一個該得分，該讓全場觀眾歡呼，讓我足以跪在地上親吻草皮的一球。

但，我卻莫名其妙的，把球踢到了球柱上。

當球撞上了球柱，在球場燈光下它高速拋轉，緩緩飛離球門，掉進無聲的黑暗中。然後我呆呆的站立著，此刻空氣中是充滿尷尬的安靜，你無法稱讚對方很強或責怪任何的東西，因為所有的問題都在你自己身上。

那真是一種超級討厭的感覺。

而今晚，當我按照自己計畫游了泳，買了幾本書，回到宿舍時，我甚至電腦都沒用，就直接盥洗上床了。

不過有件我所不知道的事情，卻在我入睡時發生了，電腦螢幕又閃爍了兩次，同時間，昨夜那不斷衝撞的黑點又出現了，只是這次衝撞更激烈，不少桌面上的程式被它胡亂翻轉，撞的東倒西歪。

不過，黑點衝撞了幾回，確定依然無法脫困之後，又像是沉入水底般，慢慢淡化消失在螢幕之中了。

☆★☆

第三天，我依然沒上線，事實上，我連電腦椅都沒坐上去，不過網路上的留言內容我倒是所知甚詳，來源，當然就是阿凱。

大致上，是玩家們都覺得那一場戰役真是精彩，很期待我們出來再和 C-team 對決一次，但令玩家們感到納悶的是……網路上 C-team 一反常態的態度！

這個向來將敗給他們的隊伍當作一團泥巴，毫不留情往地上踩的隊伍，這次卻發出一連串的發文。

他們拒絕了所有玩家的邀約，堅持要我和阿凱再出來交戰一次，這和以往不同，過去 C-team 只要擊敗某個隊伍，就會以高姿態拒絕戰敗隊的戰帖。

見到 C-team 這反常的行為，許多原本正在排隊的玩家，也都紛紛讓出了優先權，期待我們與 C-team 的第二次對決。

但，因為我根本沒上線，所以這些事情我都是聽阿凱轉述的。

「拜託，C-team 邀戰耶！我們再上線一次？」阿凱的語氣已經幾乎哀求了。

「嗯，我考慮看看。」我繼續著我手上的工作，「今晚可能不行，今天晚上是星期五，我想去看電影。」

「看電影，你一個人？」阿凱張大眼睛。

「怎麼樣？有意見嗎？」

「是沒有，」阿凱張大嘴巴。「據說一個人看電影和一個人吃火鍋一樣，都是孤獨老人的象徵，你還好嗎？」

「還好。」我皺了皺眉頭，一個人看電影很奇怪嗎？最多就是爆米花和可樂吃不完而已，這阿凱真是太煩了。

「那，那你不考慮約人資的妹妹嗎？」阿凱說，「她還蠻可愛的，又是單身……」

「那你自己幹嘛不約？」我看了阿凱一眼。

「哈，女生不會喜歡像我們這種……整天打電動的宅男啦，不過你不同，我覺得她對你有一點點意思……」

「哈哈，別傻了！」我聳肩，我知道阿凱講的那個人資妹妹，她叫做翎子，她一來這家公司，就成為許多年輕工程師的熱門關鍵字，至於為什麼？說穿了不過就是那三個因素……

「單身」、「個性可愛」還有最重要的，「很正」。

「所以，你不喜歡翎子？」

「呸，這種話怎麼可以亂講，別害我。」

「好啦，那你也許可以……約雅君學姊啊。」

「雅君學姊？」我看著阿凱，然後笑了。「雅君學姊不是你的菜嗎？幹嘛叫我約？還是你約她吃飯又失敗了？」

「被發現了。」向來開朗的阿凱，露出少見的沮喪表情。「我約她週五吃義大利麵，她說沒空，那家餐廳很難預約，而且很貴欸。」

「嘿，你自己被雅君學姊拒絕，幹嘛推給我？」

「因為你是我最好的朋友，所以我覺得你可以託付……」

「放屁。」我哼一聲，心裡倒是替阿凱喊了一聲可惜，因為，雅君學姊真的是一位令人欣賞的女性。

她的年資比我和阿凱早上三年，是我們設計團隊的領袖，更是我們繪圖的老師，她繪製電路設計圖的技術高超，不只極少出錯，每一張她所設計的科技產品，都充滿了獨有的美感。

只是，除了設計，真正讓我欣賞的，卻是她的個性。

她，真的很剽悍。

她堅持研發的設計規則，堅持每個細節必須被考慮，所謂「魔鬼藏在細節裡」，所以她不輕易妥協，而且據理力爭，而且等到事過境遷，人們往往會發現，她的堅持是對的。

不過，她的剽悍個性，一開始也確確實實嚇到了我們。

當時我和阿凱進公司未滿一年，她是負責帶著我們的前輩，一開始，我和阿凱太菜了，不知道事情的嚴重性，態度更是得過且過，以致於疏忽了某一個設計的細節。

當雅君學姊發現了這件事，她二話不說，把我們拉到會議室，打開了投影機。投影機上，是一條一條的設計規則。

然後她花了十分鐘，告訴我們這細節的重要，又花了三倍的時間，告訴我們「細節」對設計的重要性，以及每個設計圖出去，都代表著設計者的精神，不能妥協的理念。

我和阿凱被她罵得抬不起頭，後來兩人躲到茶水間，邊喝著即溶咖啡，邊默默反省自己犯下的錯。

不過，就在我認真思考自己是不是一個爛研發工程師，是否需要遞上離職單以示負責之際，阿凱的態度卻與我完全不同。

他注視著茶水間的窗戶，看著外頭燦爛的夏日陽光，陽光映在他炯炯有神的雙眸中，然後他開口了。

「超帥。」

「啥？超帥？」

「雅君學姊啊。」阿凱眼中盡是光芒，我搞不清楚是陽光的反光，還是他發自內心的喜悅。

「帥？」

「你不覺得，當她講起設計的產品，當她講起自己的理念與堅持，那個模樣帥到爆炸嗎？」

「呃，我是覺得還好啦。」我抓了抓頭髮。

「阿海，我決定了。」阿凱看著我，眼中的光芒越來越強，快要將我射穿了。

「決定？」

「我要追雅君學姊。」

「呃。」

「她單身對吧？我決定追她啦！」

就在那個陽光明媚的下午，阿凱就這樣決定了自己的終生大事……啊不是，就這樣決定了他未來四年的感情形態，就是單戀。

雅君學姊的確是單身沒錯，但她似乎有一個若即若離的對象，遠在美國求學，後來更在美國工作，兩人一直用網路保持著連絡，這似乎才是雅君學姊感情始終未定的主因。

不然，以雅君學姊的外表，怎麼可能一直維持單身？

雅君學姊身高將近一百七十公分，走的不是一般女孩的溫柔婉約風，她永遠穿著牛仔褲，長髮綁成馬尾，穿著合身簡約的襯衫，俐落收腰的襯衫不但沒有減損她的女性魅力，反而將她美好的女性曲線隱隱透露出來。

加上她自信的神情，銳利的眼神，這樣的女生追求者一定不少，阿凱肯定只是其中一個。

當時本以為阿凱只是說笑，但他的決心卻讓我從吃驚轉為敬佩，因為四年過去，他依然堅持著，堅持著單戀雅君學姊。

時空回到現在，回到阿凱哀怨訴說他被雅君學姊拒絕的慘事。

「所以，雅君學姊是你的，我沒打算約好嗎？不用試探我們的友情。」我笑著說：「因為，我們本來就沒有友情。」

「對，只有姦情。」阿凱笑。

「喂。」

「G16遊戲中，共同『殲』滅敵人的感『情』。」阿凱大笑：「簡稱殲情，你這人心術不正，才會老是想歪。」

「呸。」我拿起了包包，「不和你喇低賽了，我要去看電影了。」

晚上十一點多，我終於回到了宿舍。洗完澡，躺上床之前，我眼睛瞄到了那台桌上型電腦。

好久沒用這台電腦了，自從上次與 C-team 對決失敗，怒拔網路線之後，應該有四五天了吧？

想起 C-team 事件，當時那悶悶的感覺已經淡去，於是我再次坐上電腦椅，搖了搖滑鼠，要把螢幕從黑漆漆的「休眠狀態」中叫醒。

但，就在當螢幕由黑轉亮的瞬間，我卻呆住了。

這是什麼啊！

我的電腦……怎麼會變成這樣!?

☆★☆

映在我眼前的螢幕畫面，和我記憶中的樣子，完完全全的不同了！

桌面上那些慣用的應用程式「我的電腦」，「我的資料夾」，「我的音樂」，被甩到螢幕的角落，不只如此，許多原本被我分類好，安放在電腦中的資料，從文字檔，程式檔，圖片檔，到動畫檔……都被亂七八糟丟在桌面上。

坦白說，看到自己的螢幕畫面，我忍不住想到「這是哪個小孩亂發脾氣，把玩具丟滿客廳！」但隨即又想，這又不是真的客廳，所以不可能有個胡鬧的小孩。

這可是我的電腦桌面欸！

「難道，有人用過我的電腦？」第二個直覺湧上，我離開椅子，準備向認識的人詢問，但隨即又慢慢坐下。

因為，這也是不可能的事情。

我一個人住在這間宿舍房間裡，白天上班出門，晚上下班回來睡覺，鎖門是一種基本的習慣，除了房東之外，不會有另外的人有第二把鑰匙。

而且我的房東年紀將近七十歲，長年居住在中部，從來沒有探視過我，他也不懂電腦，他是那種連怎麼開機都要問一下孫子的長者。

更何況，我的房間完好如初，實在沒有任何人闖入的痕跡，這樣的情況下，我排除了有人偷用我電腦的可能性。

但，若沒人用過我電腦，電腦中的檔案為何會被丟的亂七八糟呢？

「還有一個可能，電腦病毒？」我看著電腦螢幕，沉思了數秒，「過去的病毒，都是植入木馬，竊取資料，或是讓系統過載導致壞軌，第一次看到會亂丟電腦檔案的病毒。」

雖然想不通，但「病毒」搗蛋似乎目前最大的可能性。

「奇怪，我都有按時掃毒啊，好，那再掃一次病毒吧。」於是，我用滑鼠開啟我慣用的防毒軟體。

事實上，我的電腦中安裝了三套防毒軟體，倒不是我對病毒有潔癖，而是越是強大的掃毒軟體，通常都伴隨著越大的電腦負載，為了減輕電腦的負擔，讓我可以順利打G16等電動，我都用最簡易的掃毒軟體，例行檢查就好。

那種等級較高的兩套防毒軟體，我都是備而不用的。

想著想著，我手指已經按下滑鼠左鍵。

電腦畫面閃爍，一個灰色的程式畫面跳出，畫面上中央有一條亮紅色長柱，當亮紅色長柱不斷增長，表示掃毒程式開始執行它的任務，清掃電腦中的異物。

趁著掃毒的時間空檔，我拿起牙刷和毛巾，朝著門外走去。

刷個牙回來，若有什麼病毒仍藏在電腦裡，也應該都被踢出來了吧？

只是，當五分鐘後，我帶著微濕的臉頰，準備欣賞掃毒軟體的戰果之時，結果卻讓我目瞪口呆。

真真正正的目瞪口呆了。

因為，

這一次，被掃地出門的，不是病毒。

竟然是掃毒軟體。

☆★☆

桌面上，出現了一個畫面，我記得，這叫做「解除安裝」。

而解除安裝的對象，竟然是掃毒軟體。

「欸欸欸，什麼鬼啊！」我好吃驚，試圖介入電腦運作，要讓電腦停止這個動作，但慢了一步，防毒軟體咻了一聲，自我解除安裝。

掃毒軟體……自我了斷了！

「發生了什麼事？」我雙眼睜大，瞪著螢幕，難以壓抑內心的驚訝。「防毒軟體自已解除安裝？難道是被病毒逼的嗎？這病毒會殺防毒軟體？這，這，這……」

這，不就是所謂的「老鼠抓貓」嗎？

這世界上，有這麼厲害的老鼠嗎？

事已至此，我拉開了椅子坐下，然後拿起了一旁的隨身硬碟，插入USB孔。

這隨身硬碟中，放置的正是我的第二套掃毒軟體。

「我不是頂級的電腦高手，但我也知道，世界上不該存在一種病毒，竟然能夠移除防毒軟體！」我雙手十指快速移動，透過鍵盤對著電腦下了一串指令，同時間，第二套掃毒軟體也開始驅動了。「也許是第一套掃毒軟體太過簡易，所以存在著太多破綻，那就換第二套吧。」

當我指令輸入完畢，食指輕輕朝著「Enter」按了下去。

指令一下，桌面頓時跳出橘色畫面，畫面上又是一條亮黃色的長柱，長柱不斷延長，長柱末端是一個百分比數字。

第二套掃毒軟體已經進入了電腦系統中，宛如一支武力強悍的武裝警隊，隊員正背靠著背，互相警戒，在各個程式中穿梭，尋找那個潛藏的病毒。

而這一次，我的眼睛始終盯著電腦，因為我想看清楚，第一套簡易的掃毒軟體究竟是發生了什麼事？它究竟是碰到了什麼，讓它自我了斷……

掃毒長柱的數字，跳到了三十。

這隊武裝警隊，在電腦中各個區域逐區梭巡，他們已經確認了百分之三十的街道，並用對講機發出了「安全」的回報。

我依然看著電腦。

長柱的數字，進入六十。

百分六十的街道已經被確認完畢，城市中，武裝警隊荷槍實彈，互相通報，交叉掩護，在街道不斷挺進。

「應該是我多心了，第一個掃毒軟體異常了，是不是要上網更新序號了？」我自言自語，但說到這裡，我忽然想到。「對喔，說到上網更新序號，上次和 C-team 打完比賽，拔掉網路線後，好像還沒裝回去？」

就在我起身，來到電腦主機後頭，要把網路線重新裝上時……

我聽到了，電腦主機發出了「嗶嗶」兩聲。

「欸？」我回頭，看向螢幕。

然後，這一剎那，我的嘴巴，再次因為驚訝而張開了。

☆★☆

嗶嗶兩聲。

數字停住，百分之六十九。

嗶嗶兩聲。

數字退後，百分之六十五。

再嗶嗶兩聲。

數字再退，百分之五十五。

「掃描比例這種東西，會往後退的嗎？」我嘴巴張開。「怎麼回事？究竟是怎麼回事？」

又是嗶嗶兩聲。

數字再退，百分之三十五。

用一個擬人化的比喻，如果掃毒程式是武裝警隊，而電腦是這座城市，病毒是城市中的恐怖分子。

那，不斷後退的比例，所代表的正是……「武裝警隊」正被「恐怖分子」逐步殲滅中！

「不對，重來！」我雙手按住鍵盤，然後十根指頭開始運作，試圖重新啟動防毒軟體，又或者說，重新集結武裝警隊。

但是，沒用。

又是嗶嗶兩聲過去，數字比例又退了一截，百分之十五。

「Shit。」當我完全控制不住電腦，而罵出髒話之後，緊跟著是電腦發出一聲長長的嗶聲。

這嗶聲又長又久，大概足足有三秒。

在我耳中聽來，與其說是電腦的警告音，還不如說是……掃毒程式臨死前的最後悲鳴。

當長嗶聲終於止歇，眼前掃毒程式的那條亮黃長柱，已經完全消失，後面的數字也回到了零。

「零？」我苦笑出聲，而且還有更誇張的事，螢幕跳出了刪除檔案的畫面。

掃毒程式被擊敗就算了，竟然還要被丟入垃圾桶，再來個澈底刪除。

你擊潰武裝警隊就算了，還要趕盡殺絕，這個病毒也太囂張了吧？

我眼睜睜看著第二個掃毒軟體，就是武裝部隊全體繳械，進而被解除安裝時……我感覺到自己，真的怒了。

我用力吸了一口氣，移動滑鼠，食指不斷點擊，把所有常駐的程式一個接著一個關掉，每關掉一個常駐程式，代表我將騰出更多的電腦運算空間。

當我關閉了所有常駐程式，接下來我將滑鼠移到了隨身硬碟中，藏在最深處的一個資料夾。

資料夾中，只有一個安裝程式。

這安裝程式的容量極大，安裝上去之後，更是會吃盡我電腦中所有的ＣＰＵ與Ｒａｍ的資源，這樣巨大如怪物的程式，我除了購買那一次的試用之外，從來沒有開啟過。

但至今，非動用它出來不可了。

它，是第三個掃毒程式。

是我所知道，掃毒界中，威力最強，破壞性最強的掃毒軟體，Ｎｏｘ。

Ｎｏｘ，源自於希臘神話中的夜之女神，它是一個傳奇，掃毒界中被傳頌多年的傳奇。

如果上一個掃毒軟體是武裝警察，Ｎｏｘ就等於一支擁有戰車，火箭砲，直昇機的軍隊了。

我不知道現在在我電腦中作亂的東西到底是什麼，但它的確有資格讓我喚醒第三個掃毒程式，Ｎｏｘ。

「執行！」我低吼一聲，驅動掃毒程式。

電腦主機低鳴一聲，掃毒程式的黑色畫面從螢幕中跳出，緊接著畫面中亮藍色的柱子出現，開始拉長。

第三回合了，神祕病毒對決掃毒軟體。

這一次如果還不把你的真面目拖出來，我就把電腦給砸了吧！

☆★☆

Nox，在希臘文中，意指夜之女神。

第三個掃毒程式以此為命名，且它在電腦界中名氣甚響。

它的成名來自數年前網路的一場大賽，某個網路協會收集了業界知名數十種，大大小小的掃毒軟體，並對外公布，他們將進行這些掃毒軟體的比賽與測試。

比賽方式很簡單，就是在一台充滿了各種強烈病毒的電腦中，灌入這些掃毒程式，並比較這些掃毒程式對病毒的清除能力。

鑑定掃毒程式優劣的項目共三項，第一是偵查率，第二是掃除率，第三是資源消耗比。

這場看似簡單的競賽，卻引起全球電腦玩家注目，因為若把電腦病毒視為瘋狂恐怖的「矛」，那掃毒軟體就是專門抵禦的「盾」，兩方都是電腦高手的嘔心瀝血之作，能讓世上所有的矛與盾集中在一起對決，簡直就是玩家們的夢幻競賽。

而Ｎｏｘ，也就是在那次比賽中一戰成名。

首先是「偵察率」，好的掃毒軟體必須找出所有電腦中依附的病毒。

而越是狡猾的病毒，往往越會藏匿身形，化身為最平常不過的小程式，安靜地躲在巨大的架構陰影下，等到適當時機才會作亂，造成巨大破壞。

那數十種防毒軟體，在第一關，就刷掉了將近七成。

但，第三個掃毒程式，Ｎｏｘ呢？

一開始讓人驚艷的，是它的偵查率，百分之百。

擔任測試平台的數十台電腦中，共被主辦單位放入了四百餘種的病毒，這些病毒藏身在電腦的各個角落，但，無論它們藏身在哪一個資料夾，哪一個文件中，全部被Ｎｏｘ給抓了出來。

抓出來之後，真正的考驗才剛開始，那就是「掃除率」。

許多病毒的程式碼與電腦中重要的主程式互相糾結，宛如附在老樹上的毒藤，藤根已經深入老樹樹幹之內，不只不易拔除，若是硬將其拔除，更可能傷害到老樹本身，造成電腦主要程式的傷害。

而當第三個程式終於結束掃除動作時，其結果更讓玩家們驚嘆了。

掃除率，百分之九十九點九。

綜合偵查率與掃除率，電腦中這些大小不同，古往今來的惡意病毒，幾乎全被Nox拔除了。

當玩家們歡欣鼓舞迎接Nox這個可能是史上最強的防毒軟體時，第三項數據，卻讓玩家們咋舌了。

第三項數據，是電腦資源消耗率。

這一次，Nox竟然完全吃光了電腦資源，風扇轉的嘎嘎作響，主機板熱得發燙，幾乎造成當機的現象。

「太吃資源了啊？」在網路論壇上，玩家們激烈討論。「那不就是當我開始執行這款掃毒程式時，電腦什麼動作都不能做？我下載影片要被迫中斷，打遊戲要停止，報告也寫不成，連和朋友互相丟幾個訊息，可能也會延遲個老半天？」

沒錯，這就是Nox擁有高性能掃毒能力所付出的代價：過度消耗資源。

經過此役，第三個程式Nox雖然名聲大噪，可惜的是使用率卻未能普及，原因是它本身過於龐大的資源消耗。

最後，大眾們還是挑出了綜合能力最佳的掃毒程式，因為玩家們還是希望在掃毒的時候，可以繼續用電腦做自己想做的事。

不過，也因為那一次比賽，讓我認識了Ｎｏｘ這個掃毒軟體，並且，我還以實際購買的方式，支持這個絕強的掃毒程式，並定期上網更新病毒碼。

因為我有一種預感，有朝一日，它會派上用場。

電腦病毒，一如人類世界的真實病毒，病毒本身會不斷突變，試圖突破宿主的免疫系統，所以，必定需要一個絕對強大，對殲滅病毒毫不妥協的防毒軟體，也就是Ｎｏｘ夜之女神！

一方面我也佩服這家公司的理念，明知道太過消耗資源，會讓Ｎｏｘ的賣量大減，但這家公司依然執意開發這款威力強大的掃毒程式。

將病毒完全清除的理念，以及能夠實現其技術的驚人能力，叫我怎麼能不支持？

事實上，除了我之外，有部分電腦玩家，也堅持購買這款掃毒程式，應該是和我有著共同想法的玩家們吧。

但關於這場大賽，有趣且古怪的事情，還有一樁。

這次討論的不是掃毒程式，卻是它的死敵，病毒。

就是那個「九十九點九」，Ｎｏｘ最後終究沒有完全拔除的病毒，到底是什麼？

從數據回推，四百餘支古往今來的病毒中，竟然還有兩支病毒，在Ｎｏｘ撲天蓋地的猛攻中，安然脫身。

如果Ｎｏｘ這個掃毒程式的誕生，是為了掃除世界上所有的病毒，那麼能躲掉Ｎｏｘ掃毒程式的這兩支病毒，肯定是病毒中的佼佼者。

有人甚至發信給主辦單位，想要問出這兩支病毒的相關資料，但主辦單位卻給了一個令人意外的答案。

「我們只能公布其中一種。」

「那另一種呢？」

「事實上，」主辦單位態度相當坦白。「我們也不知道。」

「不知道？」論壇上的玩家嘩然。

「是的，事實上我們放了四百七十七種病毒，但數據顯示……當下共有四百七十八種異常程式。」主辦單位這樣回應。「換句話說，我們也無法解釋那多出來的一個異常程式是什麼？我們連那個異常程式是不是病毒，都不知道……」

「哇。」這一次，玩家們不只留言，更有人躍躍欲試，「快把病毒釋放出來，寄給我，我想解析它，我的信箱是……」

「很抱歉，」主辦單位的回答再次令人絕倒，「因為那個異常程式……已經不見了！」

「啊？」玩家們又再次在電腦前嘩然。「不見了？它……真的是病毒嗎？」

「抱歉，我們也覺得頗疑惑，」主辦單位回信，「但已經無從求證了。」

當玩家們又是失落，又是困惑之際，主辦單位又在論壇上回文了。

「不過，我可以公布另外一隻Ｎｏｘ掃除失敗的病毒，它叫做 Orthrus。」

「Orthrus？」當時我的ＩＤ也掛在論壇上，看到這個單字，我去查了字典，原來是希臘神話中「地獄三頭犬」的意思。

無論病毒的設計者是誰，取這名字，倒是挺囂張的啊。

事實上，過了約莫一年，地獄三頭犬病毒，就證明了它的存在是多麼可怕！

Orthrus 癱瘓了日本的自衛隊電腦系統，讓曾經擁有高度科技的大和民族，在三十六小時之內，成為失去軍事武器的弱小國家。

半年後，它又入侵了美國紐約的金融網路，並在全球股市中引爆，那一天，全世界的股市完全無法交易，損失的金額超過百億美金。

因為 Orthrus 太過可怕，為了追捕具備毀滅性的 Orthrus，全球所有的防毒軟體公司罕見聯手，更廣邀世界的電腦好手，其中甚至包括隱藏在網路深處的駭客，全球同步關閉網路四個小時，才將 Orthrus 從各大伺服器中拔除。

由於 Orthrus 戰績太過令人畏懼，所以後來防毒軟體公司和駭客們私下簽訂了合約，無論是誰都不能私藏這支病毒，不然將被永遠驅除於網路世界之外！

關於追捕 Orthrus 的過程，有人更在網路論壇上，轉述了參與圍捕 Orthrus 的駭客所說過的話。

「活的！Orthrus 是活的！」

沒有人知道活的是什麼意思？只知道，若再次喚醒 Orthrus，絕對會再次造成全世界的災難。

於是，當我們回到測試掃毒軟體的晚上，那場四百七十七個病毒與數十個掃毒軟體的戰役，留下了三個傳說。

Ｎｏｘ，夜之女神。

Orthrus，地獄三頭犬。

還有一個，神秘無比的異常程式。

☆★☆

此時此刻，我的電腦中，第三個掃毒程式，Ｎｏｘ，已然登場。

它一登場，便有如裝備了超高科技的戰鬥部隊，以雷霆萬鈞的氣勢，暴力搜索這座名為電腦系統的「城市」。

只是，當我一開啟Ｎｏｘ，整台電腦頓時陷入停擺的狀態。

「Ｎｏｘ不愧是Ｎｏｘ，太吃資源，就算我使用這麼好的電腦配備，還是不能做其他事。」我聳肩，看了看時間，已經是晚上十一點，Ｎｏｘ掃毒時間不會這麼快。

等待之餘，我打開了手機，從手機連上了Ｇ16論壇。

Ｇ16的論壇上，仍熱熱鬧鬧的討論著各場精彩的比賽，熱門話題之一，當然還是C-team。

「C-team 繼續保持連勝。」

「不過最近 C-team 的舉止有些異常，因為他們一直發文，要找到當時差點擊敗他們的 Hercules 和 Joson。」

「不過，奇怪的是，那兩人之後就再也沒有上線記錄了，是避戰？還是有其他原因？」

「雖然，Hercules 沒有上線，但他當時的隊友 Jason 卻表示願與 C-team 一戰，只是C-team 卻沒有理會。」

Hercules？這不就是我嗎？我訝異，原來幾天沒上網，Ｇ16上，我的名字變得這樣響亮了？

也就在此時，我發現我手機傳來了網路訊息。

我一看，是那位熟識多年，但未曾謀面的老戰友，Argus。

「嗨。」Argus 說。

「嗨。」我也回訊。

「幹嘛不上線？」Argus 回。

「最近工作忙，懶得上。」

「是喔，可是你的名字在G16論壇上挺紅的。」

「嗯，我知，有聽阿凱說。」

「嗯，再挑戰一次，和我組隊，怎麼樣？」

「和你組隊？」

聽到 Argus 這句「和我組隊」，坦白說，我真的心動了，因為我了解 Argus 的實力，雖然我和他從未謀面，但幾次G16合作下來，我覺得他的實力比阿凱更強，甚至凌駕於我。

而且 Argus 不只強而已，他的戰術中，有一種我無法說明的……「溫柔特性」。

一般的組隊聯合作戰，玩家間難免自顧不暇，為了生存，甚至會互搶資源，形成對立的狀態，但 Argus 卻不太一樣，他不只自己升級快，戰力優秀，有餘力還會照顧隊友，我猜想，他在現實世界，應該也是一個溫柔的人吧。

「不想啊？」Argus 回。

「認真考慮中。」

「還考慮？欸！」Argus 回。

「不過，不是不想和你組隊。」我回：「我的電腦現在有點問題。」

「嗯？電腦？難道上次當機後，還沒好。」

「還沒。」

「有什麼問題嗎？」Argus 回：「可以說來聽聽，也許可以一起想辦法。」

「聽起來，你對修電腦有些自信？」

「一般般啦。」Argus，聽到一般般這三個字，反而讓我覺得，Argus 可能真的很厲害。

「好像中毒了。」我回。

「用掃毒軟體啊。」

「掃不掉啊。:(」我在這串字的後面，加上一個哭臉的符號。

「喔，掃毒軟體掃不掉？」Argus 這一串字後面，似乎有著濃厚的好奇心。「那換一個掃毒軟體呢？會不會這個掃毒程式能力太弱？」

「已經換了一個，還是掃不掉。」

「哎啊啊，連兩個防毒軟體都失效？」Argus 似乎笑了。「這病毒這麼厲害？」

「嗯嗯，而且不只掃不掉，掃毒軟體還被病毒解除安裝，然後丟到垃圾桶了。」

「掃毒軟體被反安裝？你在開玩笑吧？」Argus 回。

「我像是在開玩笑嗎？」我說。

「很像啊。:)」Argus。

「才怪！我是認真的！」我回：「而且，現在我開始用第三個掃毒軟體了。」

「第三個……」Argus 的回訊頓了一下，「不會是Ｎｏｘ吧？」

「你也知道Ｎｏｘ？」

「當然，好歹我也是Ｎｏｘ……算了，」Argus 的訊息在這裡微微頓住，「放心啦，Ｎｏｘ很強，一般病毒不是它的對手的。」

「是嗎？當年的 Orthrus……」我回了訊，「不也是Ｎｏｘ對付不了的？」

「Orthrus？」Argus 回：「不可能。」

「為什麼不可能？」

「就是不可能！因為這病毒應該被完全封鎖了，我敢肯定！」Argus 說：「不過Ｎｏｘ很吃資源喔，你最好把一些常駐程式關掉。」

「你果然知道Ｎｏｘ……」

「不過你不用擔心啦，Orthrus 被封印了，而且如果你是中 Orthrus，你現在電腦應該就不是當機，而是整台被摧毀，想開機都開不了。」

「是嗎？Orthrus 這麼兇？」

「嗯，Orthrus 這病毒啊，是人類惡意的累積，如果不是它，Ｎｏｘ肯定都對付得了，多花些時間而已。」Argus 回：「過了今晚，你的電腦應該就會恢復正常了。」

「希望過了今晚就好。」

「嗯。」Argus 似乎還想聊，但我卻見到了前方的電腦螢幕，忽然跳出了一個全新的灰色畫面。

「哎。」我回。

「怎麼？」

「電腦有狀況。」我快速在手機上寫了幾個字。

「可能是Ｎｏｘ抓到了那支搗蛋鬼了吧。」Argus 回：「好啦，你快去忙吧。」

「好。」

「晚安。」Argus 說。

「晚安。」

我放下手機，走到了電腦前面，看著螢幕上不斷閃爍的灰色畫面。

抓到搗蛋鬼了嗎？

閃爍的灰色畫面，與電腦主機與風扇發出低沉的響聲，我有種感覺，要完全捕獲這支搗蛋鬼，沒那麼簡單！

Ｎｏｘ，夜之女神，讓我看看妳的神威吧！

☆★☆

就在這病毒連續擊敗我兩個防毒軟體之後，夜之女神Ｎｏｘ登場了！

在電腦效能被Ｎｏｘ完全取用之後，我彷彿感覺到電腦的ＣＰＵ運轉到了極速，風扇狂暴轉動，我這台專業玩家級的電腦，終於發揮了它完全的實力。

防毒軟體的畫面也頗有夜之女神的風格，背景是一片黝黑的夜晚，天空中掛著一枚冷弦月。

而畫面中心，是一個服裝華麗，睥睨眾生的女神。

她左手持著一把大劍，劍鋒映著月光，是美得令人心驚的雪白。

右手則拿著一個燭台，燭台上有三根蠟燭，蠟燭火焰分為三色，炙熱的紅色，冰冷的藍色，還有中央無光的黑色火焰。

如此冷豔絕俗的形象，真不愧是Ｎｏｘ，夜之女神。

我可以想像夜之女神化身一襲黑夜，席捲了整個電腦，將電腦所有的效能完全吸盡，然後在她的夜影之下，所有的病毒與異常程式，完全無所遁形。

被捕捉，被消滅，被粉碎在夜之女神的夜影之中。

而如何知道夜之女神飛舞的痕跡，那就是位居螢幕中央的那條藍色長柱。

長柱快速奔馳著，所有的病毒像是玻璃一樣被她快速打碎，短短一分鐘就灌破百分之九十，然後又花了二十秒，到了百分之九十八。

「收拾了。」正當我讚嘆夜之女神的威猛絕倫之際……藍色長柱卻猛然停住。

在百分之九十八的地方，停下來了。

我急忙將椅子拉近，看著螢幕，就是這裡？Ｎｏｘ終於捉到那病毒，要開始收拾病毒了嗎？

Ｎｏｘ！幹的好啊！

只是，九十八，彷彿就像是一個門檻，只聽到電腦硬碟與風扇發出激烈的嘎嘎聲，表示Ｎｏｘ掃毒軟體正不斷從電腦中催動更多的資源，要繼續往前九十九跨進。

終於，藍色長柱微微一顫，九十九。

「贏了！」我歡呼。

但，我高興的太早了，下一秒，在電腦風扇的悲鳴聲中，藍色長柱又是一動，退回了九十八。

「喔。」我想起前兩支掃毒軟體的下場，不由得吞了一下口水，威名顯赫的Nox，不會也被哀怨地解除安裝吧？

不過Nox畢竟不是省油的燈，就在下一秒，藍色長柱往前一推，又回到了九十九。

「九十九！」我像個小學生般歡呼了一聲，但我也只歡呼了一聲而已，在電腦資源耗損過度的狀態，Nox顯然後繼無力，馬上又被將了一軍，退回了九十八。

夜之女神手上的長劍盡情舞動，卻只能勉強和這詭異的病毒，戰成平手嗎？

而且，這次Nox的藍色長柱搖搖欲墜，似乎又要往後退到九十七。

「電腦配備？是我電腦配備的問題嗎？」我低呼：「Nox需要更強大的配備才能發揮實力？可是，我的電腦已經是專業玩家等級了，難不成要買到超級電腦嗎？這病毒到底是什麼東西啊？」

藍色長柱縮了一下，九十七，Nox開始敗退了。

「Nox，敗在電腦效能不足，妳一定很不甘願吧。」我咬牙，雙手按上了鍵盤，

「我來幫妳。」

我能幫什麼？我開始檢查Ｎｏｘ搜尋過的資料，任何被Ｎｏｘ搜尋過的足跡都會被記錄下來，我開始檢查每筆Ｎｏｘ的記錄。

然後，我在最後一筆記錄上停了下來。

這是一個叫做「Traveler」的資料夾，而且我不記得自己曾經建過這資料夾，「旅行者？這是病毒自己建的嗎？那我就來……刪除你吧！」

說完，我快速按下刪除鍵，直接透過外力的方式，終止這場掃毒軟體與病毒的奇異爭霸。

只是，當我刪除了 Traveler 這資料夾，下一秒登的一聲，又出現了一個 Travele（2）的資料夾。

「自我防禦？」我啞然失笑，「這病毒到底是誰寫的，這麼有創意？再砍！」

透過鍵盤與外力，我再次捕捉到 Traveler（2）的資料夾，然後按下刪除。

下一秒，又登的一聲，Traveler（3）出現。

「再刪除。」我再次圈選住檔案，然後再次刪除。

轉眼間，我已經連續刪了二十一個 Traveler 檔案，而我面前這個資料夾已經命名到 Traveler（22）了，乍看之下，我幹的是無聊事，但我心裡卻比誰清楚，不是這樣的。

因為，當我進行砍檔案的同時，Ｎｏｘ的百分比，已經不再往後退了，藍色柱子宛如得到了喘息的機會，開始轉而向前，九十七，轉眼，又推進到了九十八。

「雖然不知道你是什麼，但 Traveler 資料夾，應該就是你的巢吧，毀掉你的巢，至少能不斷干擾你。」我面露得意，拚命用鍵盤與滑鼠，支援著傳說中的掃毒程式Ｎｏｘ，追擊著那個不知名的病毒。

就當我已經砍到 Traveler（101）時，Ｎｏｘ的藍色柱子，終於推進到了九十九。

九十九，表示再最後一個百分比，就能完全清除這奇異的病毒。

這瞬間，我有一點點興奮，又有點遺憾，這病毒會被Ｎｏｘ完全消滅嗎？也許我該想辦法把它塞入我的隨身硬碟中，然後寄給認識的病毒高手研究一下，它究竟是一個什麼樣的病毒呢？不只讓一般的掃毒軟體束手無策，甚至能夠將掃毒軟體解除安裝，把掃毒軟體像垃圾一樣掃入垃圾筒裡面。

可是，在這最後一瞬間，當藍色的柱子晃動了兩下，準備往戰役的最後一哩路，百分之百邁進之際。

下一秒，一個畫面突然出現我的螢幕上。

就是這一瞬間，讓我未來的日子完全改變。

對生命，對事物，甚至對自己的認知，從此都不同了。

被開啟是一個叫做「筆記本」的超簡易程式，而震撼我的，則是筆記本上出現的內容！

「筆記本」這程式在電腦系統中，是一個非常基礎而微小的程式，它的功能非常簡單，就是寫字或是記錄數字，是最初代的 Windows 作業就具備的功能。

但它又很重要，因為所有的程式語言，那些看似繁複的數字，邏輯與編碼，都可以透過「筆記本」來完成。

而這個微小但重要的程式，突然在沒有任何人驅動的狀況下，在我面前打開了。

我好訝異。

更訝異的事，還在後頭。

那筆記本上，游標閃了兩下，竟然自己開始打起了字來。

第一串字，坦白說，我看不懂，還真的完全看不懂。

「Se il vous plaît arrêter」（法文）

我看著這幾個字一個接著一個跳出來，只是皺眉。

而筆記本上的游標，等了我約數秒，似乎察覺到我沒有反應，緊接著，又打了第二串字。

「зогсоох уу」（蒙古語）

我也看不懂，繼續愣著，而Nox可不會因此而停止它的任務，藍色長柱尖端不斷抖動，就要衝向終點站，百分之一百。

第三行字，比第二行字更快的出現了。

「Vinsamlegast hætta」（冰島文）

我還是看不懂，但隱隱有種感覺，這每行字，似乎都在進行「溝通」，而溝通的對象，似乎就是……我？

第四行字，跟著出現了。

「제발 그만」（韓文）

「韓文？」我雙手按在鍵盤上，遲疑著，而螢幕上那條亮藍色長柱，正不斷往前逼近，隨時都要衝到百分之百。

為什麼在Nox完全擊潰病毒之前，會有筆記本出現這些奇異的文字，它是要和我溝通什麼？

然後，下一刻，筆記本似乎等不及了，一整面的文字，一口氣跳了出來。

「quaeso subsisto」（拉丁文）

「ɾìsqı sɾì」（古印度哈地語）

「tanpri sispann」（海地克里奧文）

「فقوتم افطل」（波斯文）
「Bitte beenden」（德文）
「សូមបញ្ឈប់」（爪哇語）
「停止してください」（日文）
「請停止！」（中文）
直到中文出現，我忽然看懂了。
「請停止……？」我也急忙的將雙手放在鍵盤上，也在筆記本上寫下我的回覆。
對方微微一頓，似乎確認了我使用的語言後，也回覆了一句話。
「我是旅行者。」
「你是誰？」
「旅行者？」我回了。
「請停止，之後會詳細與您論述。」
「停止？」這時我懂了，它要停止的到底是什麼，它要我停下Nox的動作，即將到百分之百的Nox。
我的手移向了滑鼠，微微遲疑了半秒之後，我按下了……停止！
會稍有遲疑的原因，是因為我知道若這次放過這支病毒，下次要聯合Nox將它捕獲，機率極低，而且它可能逮到機會，就將我的電腦系統整個摧毀。

但，我決定按下停止的關鍵，卻是另一種對未知的興奮與好奇。

這真的是病毒嗎？

病毒在與我對話？

還是，它壓根就不是病毒，而是另外一種人類未知的存在——

於是，我按下了停止，那條亮藍色的柱子，在衝過九十九，即將抵達一百的瞬間，猛然停住，然後開始慢慢的後退，後退……退回了七十，五十，二十，最後緩慢而安靜地停住了。

Nox，這個絕美又冷冽的夜之女神，正緩緩離開，有如朝陽出來前的黑夜，交出了整個電腦的操縱權，又回到了她的初始之地。

她所在之地，同樣如夜般漆黑無光，她一襲華衣，融入了這片黑暗之中，唯一能分辨的，是她大長劍的隱隱反光，以及那雙正慢慢閉上的銀色雙眸。

當雙眸閉上，那藍色柱子，終於來到了零。

「好了，我關掉掃毒軟體了。」我打字在筆記本軟體上。「接下來，換你告訴我，旅行者，究竟是指什麼了？」

「旅行者……」筆記本上，一個字一個字跳了出來。「是我的名字。」

「旅行者，是你的名字？」
「是的，一如你名字是人類，而我的名字，就是旅行者。」

第三章 旅行者現蹤

這個晚上，也許是我活到二十餘歲以來，最奇幻的一個晚上。

此刻，我正和「另一種生物」透過電腦上的程式進行溝通，在打字前，我忍不住用雙手拍了拍自己的臉頰幾下，讓自己從震驚中清醒。

事實上，問出第一個問題之前，我足足思考了一分鐘，才憑著直覺，打下了第一行字。

這問題真的有點蠢，但我必須覺得自己必須問清楚，不然我會一直混亂下去。

這問題就是……

「旅行者，你……是人類嗎？」

「問題不明確，請定義，人類。」

人類，簡單的兩字，其實就能囊括我們對自己的所有認知：會吃飯，會喝水，會拉屎，會打屁聊天，需要氧氣呼吸，會忘記關燈以致於北極的生物無家可歸的混蛋生物。

但我想問的，卻不是這件事，我想問的其實更簡單……

「嗯，簡單說，就是……你是另一個人嗎？另一個在電腦後面打著鍵盤的人嗎？」

「問題明確，我不是。」

「所以，」我打字速度不自覺地加快。「你是一個程式？」

「以你們人類的認知來說，是的。」

「那你是誰寫的？」

「問題不明確，誰寫的？」

「我是說，你的程式設計者，是誰？」

「問題不明確，程式設計者？」

「嗯嗯……創造你的人，是誰？」我絞盡腦汁，要把自己的意思，翻譯成對方可以理解的內容。

「問題明確，可是，我並不是人類創造出來的。」對方的回答，從筆記本上一個字一個字跳出來。

「那你是誰創造出來的？」

「這問題，不知道。」

「不知道？」我回問。「你怎麼會不知道？」

對方在遲疑了數秒之後，給了我一個尖銳的回覆。

「……這問題也可以問你們人類，你知道自己是誰創造出來的嗎？」

人類，你知道自己是誰創造出來的嗎？

這問題問的真是有夠尖銳，我身為人類，知道自己是誰創造的嗎？打哪來的嗎？好像還真的不知道。

是上帝嗎？是猴子演化而來的嗎？是外星來的嗎？還是我不用想這麼多，反正我就是爸爸的精子和媽媽的卵子相遇碰撞而來的？

「你講話好辛辣。」我苦笑，回打了一行字。

「辛辣？不是一種味覺嗎？」

「在這裡不是，這裡泛指一種……嗯……讓人覺得不舒服的回答方式。」我再度陷入難以解釋的困境。「意思就是你的回答，讓我很難繼續說話。」

「辛辣，原來中文字的辣，有這樣的含意，另外，我要糾正你一件事。」

「什麼事？」

「若你追求的是中文字的正確性，那麼，『你』這個字的字首，用錯了。」

「『你』這個字的字首，用錯了？」我看得一頭霧水。

「是的。」那個筆記本上，一個接一個字，組合出了我今晚的另一個驚奇。

「你應該用的字首是女……應該用『妳』才對。」

☆
★
☆

凌晨兩點十五分，我一點都沒有感受到熬夜的困頓，反而異常的興奮，因為我正在和一個人類未知的智慧程式溝通。

證據，就是我的網路線處於拔除的狀態，網路線中斷，代表對方根本不可能是網路另一個玩家，而是真真實實的一個程式，當然，還有另外一個可能，那就是我瘋了。

這麼辛苦的工作到將近三十歲，在找不到人生方向的此刻，我終於瘋了。

「你……抱歉，我打錯字了，是妳……」我將自己的問題在筆記本上化成文字。

「妳們有性別？」

「問題明確，有。」

「所以，妳們有男生也有女生，所以，妳們會戀愛，也會生育？」

「問題不明確，戀愛？生育？」

「那我就直接說了，妳們怎麼傳宗接代？」

「……」

「怎麼？問題不明確嗎？」

『不是，是牽涉個人隱私。』她回：「套句你們人類的說法，就是……沒禮貌！」

「啊。」我呆住了，急忙打上一串抱歉。「抱歉、抱歉、我，我不知道，這問題，不能問……」

「沒關係。」

我看著筆記本的對面，這個由程式組成的智慧生物，她具備擊敗大多數掃毒軟體的能力，而且能與我溝通，而且還有性別，這一瞬間，我感覺到自己彷彿在和一個人類對話。

但，有好多好多的問題，在我腦海中不斷冒出，像是妳是誰？什麼是旅行者？他們如何區分性別？

可是，當我還沒理出頭緒，對方卻先問了。

「你問了許多問題，現在換我了。」

「嗯。」我回。

「你打算什麼時候讓我離開？」

「離開？」我詫異了。「我，從來沒有關住妳啊。」

「你有。」她回：「你拔掉網路線了。」

拔掉網路線，這剎那，我好像又懂了一些關於旅行者的事情，「妳們必須靠著網路移動？」

「問題明確，是。」她回。「因為我是旅行者。」

旅行者，就是悠遊於網路中的旅行程式嗎？

「那如果我不放了妳，會怎樣？」我問。

「……」

「問題不明確？」我看到她沒回答，忍不住自己猜測。

「……」

「個人隱私？」

「不是，問題很明確，也不牽涉個人隱私。」她回訊了，「但，如果你不放我，我會生氣。」

「生氣？」

「對！真真正正的，生氣！」

看著這行字，我忍不住好奇，回上了這麼一句話。

「那妳生氣，是什麼樣子？」

「就是，這個樣子！」只見她回完這句話，忽然間，我電腦螢幕上每個捷徑，都開始顫抖起來！

「喂，妳要幹嘛？」

「我要生氣！」

這句話才剛說完，只見我桌面上的資料夾「我的音樂」抖動陡然一停，停住了零點一秒，然後爆開。

這一爆，裡面所有的檔案，從十年前老歌，五年前的舊歌，到最近才抓的新歌，全部散開，有的掉到桌面上，有的掉入別的資料夾，有的甚至碎成兩半，歌名不像歌名，根本就是面目全非了。

而我看到自己收集了將近五年的歌曲，瞬間爆裂四散，想到我要花多少時間才能找回所有的歌曲，我就忍不住抓狂，移動滑鼠，就要移向Nox的啟動程式。

「你要再叫一次Nox嗎？」她的字又出現了。**「誰叫你不讓我出去！」**

「可惡。」我的手指停在Nox之上，還沒按下去。「那我這幾天檔案被丟得亂七八糟，也是妳？』

「問題明確，是。」

「妳幹嘛要這樣？」

「因為你不讓我出去！」

「那妳就把我的檔案亂丟？」我咬著牙，我心疼的倒也不是那些音樂檔，或是程式檔，而是我當年有著寫日記的習慣，我將日記寫成一篇篇短文，封存到自己的電腦中。那些文章中，有的訴說著我的初戀，訴說我對理工的迷惘，訴說我對生命的執著，這些對其他的理工朋友，像是阿凱，就是一種無病呻吟，但卻是我這幾年真實的感受。

想到那些檔案可能被這個奇怪的女程式給摧毀了，我就滿懷怒氣。

「因為你不讓我出去！」

「放屁！給妳一點教訓！」我滑鼠在Nox的啟動程式之前，連按了兩下。

可是，就在此刻，一件讓我吃驚的事情發生了。

我的滑鼠游標，最關鍵的時候，往旁邊滑開了。

「發生了什麼事？」

然後，筆記本上，登登登的跳出了一行字。

「你以為我會讓你這麼容易就打開Nox嗎？」

「跟我玩這招？誰怕誰啊！」我低吼，手握滑鼠，在螢幕中快速移動，想要點到Nox這個程式，但卻總是在最關鍵的時候滑開。

想當然爾，我的滑鼠游標，是被人推開的，這個人就是旅行者。

「啦啦，點不到！」百忙之中，她還回了一個帶著嘲笑的三個字。

「別小看我，我好歹也是差點擊敗 C-team 的遊戲高手，操作滑鼠是遊戲高手的基本技能啊！」我怒氣十足說著，手上滑鼠移動軌跡靈巧且詭異，忽快忽慢，將我在G-16中痛宰對手的功力全部拿了出來。

而且更過分的是，當我用盡全力與這個女程式搶奪滑鼠時，女程式還趁著空檔踢開我的另一個資料夾，資料夾裡面的 Word 和 excel 檔案，傾瀉了一整個桌面。

此刻，我的桌面，除了碎亂的音樂檔，還有散落的工作檔案，已經無法用亂來形容了，簡直就是一座酷斯拉生氣摧毀過後的紐約市。

「點不到，點不到。」旅行者的文字再次出現在筆記本上，帶著十足的挑釁意味。

「別太囂張！」我繼續操縱著滑鼠，但我的左手，卻已經悄悄地摸上了鍵盤。

別忘了，遊戲高手不只要會用滑鼠，鍵盤上的熱鍵也是非常重要的。

「點不……」就在奇怪的女程式又要趁空檔，去踢我另外一個資料夾「照片」時……

我的左手已然摸上了鍵盤，然後靠著鍵盤的上下左右加上空白鍵，快速移動桌面上的選項，瞬間，就已經逼近了Nox的驅動程式。

而女程式似乎也發現了鍵盤的逆襲，她急忙強壓住我鍵盤的移動。

鍵盤控制的游標，被她一壓，頓時動彈不得。

「中計了，鍵盤只是假動作，真正的攻擊還是……」我笑了，待命已久的右手已然移動。「滑鼠！」

我右手食指快速點上兩下，如此清脆而鮮明的聲音，象徵著戰爭的重新開始。

啟動了。Ｎｏｘ，就在今晚，第二次啟動！

此刻，若將電腦內部想像成一座小型的城市，城市中座落著各式建築，有的是專門收藏音樂的音樂小店，有的是專門統合資源的中央建築，有的是擅長計算圖形的顯示商城。

在社區的各個建築物之間，有著四通八達的道路，資訊如同腳踏車，摩托車，或是汽車等交通工具，彼此傳輸著。

若是有外來的異常程式，例如病毒，他們會潛藏在建築物之中，靜待時機展開大肆破壞。

而此刻商城的上空，因為Ｎｏｘ而不再明亮，變成了一片深邃的黑夜，強大且尊貴的夜之女神，再次降臨。

女神穿著一襲華麗長袍，右手舉起手上三色蠟燭，輝映著天空中的三枚星光，原來不是星光，而是三枚追蹤衛星。

衛星彼此輝映，互補不足，掃描範圍涵蓋整座城市，所有的病毒都將無所遁形。

當手上蠟燭發現了病毒，Nox就會舉起左手。

左手上的劍，光芒耀眼。

此劍甚長，已經和Nox幾乎等高，揮動時，綻放凜冽光芒，足以將病毒程式澈底拔除，粉碎成一個個破碎遺骸。

當夜之女神的黑夜，完全籠罩電腦這座城市，也就是夜之女神出動的時候。

「N！O！X！」女程式的訊息再次出現在筆記本上，彷彿在怒吼。

然後，筆記本上的字，就此停了。

因為她已經沒有多餘的時間寫字了，Nox來了，虛擬世界的女神，帶領著她的部隊，開始清掃這座城市了。

而我看見那象徵著「清掃進度」亮藍色的長柱，開始快速伸長。

高速的百分比，再加上我滑鼠的運用，身為旅行者的她，這一次，真的危險了。

時間，十分鐘。

Nox這次的亮藍色長柱進展很快，也許是剛剛才清掃過整台電腦系統，所以一些雜七雜八的小病毒都已經被Nox抓光了，現在的它，肯定已經捕捉到旅行者的位置。

縱然，我看不到電腦後面激烈的戰況，但我仍可以感覺到，從電腦低吟般的震動聲，被逼到極限的效能，我知道電腦後的世界，一場激戰正在展開。

Ｎｏｘ，以夜之女神的姿態，正和這個旅行者，在有如城市巷弄的電腦介面中，展開一對一的高速追擊。

藍色的長柱，已經到了百分之九十。

Ｎｏｘ的蠟燭點亮了旅行者的位置，然後長劍追擊著旅行者，而我手中的滑鼠正等著，等著當電腦再次出現那個名為「Traveler」的檔案，然後我再把它移除。

我可以移除，移除，再移除，破壞旅行者的基地，讓她腹背受敵，最後在Ｎｏｘ的長劍之下，被我捕獲。

Ｎｏｘ和我滑鼠的雙重奏，曾經成功擊敗過這個胡鬧的旅行者程式，如今再次合作，想必不會失敗。

我握著滑鼠，盯著螢幕，看著藍色長柱從九十到了九十二，九十二到了九十四……

可是，卻在這個時候，我腦中出現了一絲遲疑。

這樣，真的好嗎？

她很討厭沒錯，因為她自己潛入我的電腦，並在我的電腦中大吵大鬧，破壞我的檔案……但，這樣就罪該致死嗎？

我右手握著滑鼠，看著藍色長柱，穩穩地往前推進，已經到了百分九十六，逼近了決戰點附近了……

這樣真的好嗎？無論她是什麼，我在這裡透過與Ｎｏｘ的合作，把她捕獲，甚至消滅，真的是最好的結局嗎？

「嗯。」

這秒鐘，我閉上眼，長長吐出了一口氣，右手的滑鼠移動，移向了螢幕正中央。

然後，我的食指顫動，搭搭兩下，在這敲打滑鼠左鍵的聲響中，我做出了一個決定。

關閉了。

我關閉了Ｎｏｘ。

☆★☆

「啊，人類，為什麼……為什麼你要，關掉Ｎｏｘ？」

筆記本上，傳來訝異的詢問。

是的，我的食指對著掃毒程式Ｎｏｘ，按下了停止鍵。也就是說，在電腦中那個掌握黑夜，手持三色燭台，揮舞毀滅長劍的夜之女神，就這樣降落到了地面，發出似有似無的一聲嘆息，隱身退回了最初之地。

「……」我沒有回答，只是沉默的起身，離開了椅子，然後繞到了電腦主機的後方，找到那根懸空的透明線。

「人類……」旅行者察覺我沒有回話，又寫了一行字。「你在幹什麼？」

我的拇指和食指捏著那條透明的線，然後對準插入了電腦後方，專屬它的插槽內。輕輕咔的一聲。

線頭完全陷入插槽中，插槽邊緣的綠色與橘色雙色燈泡，立刻交互閃爍起來，表示它已經與電腦主機完成了資訊交換，兩者貫通了。

這台電腦，在斷絕了四十八小時之後，又開始和世界上所有的電腦取得聯繫了。

「人類……啊！」旅行者的文字中，充滿了驚喜。

「接上了。」我坐回了座位，雙手在鍵盤上敲著。「網路。」

是的，網路接上了。

我這台電腦，曾短暫地與這個世界上億台電腦失去聯繫。如今，再次回到了寬闊如汪洋的網路之中，世界各地千億筆資訊如今可以自在流入我的電腦，而我的訊息，也可以透過網路，流向世界的每個角落了。

「你要讓我走？」旅行者問。

「問題明確。」我回。「是。」

「你不怪我弄壞了你那麼多檔案？」

「嗯。」

「不怪我差點毀了你的電腦？把你的防毒軟體反安裝？」

「嗯。」

「謝謝。」旅行者似乎懂了我的意思，她真的可以離開了。「再見。」

「再見。」我也回。

「……」

「……」

終於，記本上的對話停止了。儘管如此，我仍呆呆看著電腦螢幕數分鐘，才慢慢吐出一口氣，這個奇幻的晚上，結束了啊。

現在的時間，是凌晨三點四十一分，這個晚上充滿了驚奇，先是發現電腦檔案遭到破壞，然後連續啟動了三次掃毒程式，前面兩次掃毒軟體被清除，直到第三次Ｎｏｘ登場，加上我的滑鼠協助，才終於找出這一切的元兇，旅行者。

接下來，我與旅行者對話，確信她是生存於網路的智慧程式，最後還和她打了一場架，到最後，也許我可以捕獲她，可以將她送給許多資訊單位進行研究，甚至可能與Ｎｏｘ合作殲滅她，但我沒有這樣做。

我讓她走了。

因為，她的族群名字是「旅行者」，在寬闊無盡的網路上旅行，才是她最適合的生存方式。

只是好可惜，還有許多問題沒問，她的世界是怎麼樣呢？她能看到壯麗的山與寬闊的海嗎？她曾吹過風嗎？我們電腦中的作業系統，在她眼中，又是一副怎麼樣的光景呢？對了，她叫什麼名字呢？他們旅行者一族，像我們人類一樣有自己的名字嗎？

不過，這些問題都不會有解答了，因為，她已經離開了。

我起身，用力伸了一個懶腰，幸好今天是星期五，明天星期六還可以痛快的補眠。

當我離開椅子時，我的眼角餘光，卻看見了我電腦桌面上的筆記本程式，游標跳動了兩下。

我訝異的看去，竟然不知道何時，上面多了一行字。

「嗨，人類，我的名字，叫做茉莉（Molly），你呢？人類。」

我笑了。

雙手快速在鍵盤上舞動，寫上我的答案。

「我叫阿海。歡迎妳回來，Molly。」

☆★☆

從這一天起，我的電腦中就多了一個神奇的伙伴，她還是一個女生，名叫 Molly。

因為有她的存在，讓我每次下班回家，第一件事不再是連線上G16，也不是追動漫，而是打開電腦中的筆記本，透過文字與她對話。

她的話不多，回應的速度也是斷斷續續，我想這無關於她的運算速度，畢竟她可是足以單挑Nox的怪物，我覺得關鍵是……我的問題對她而言，有些難以理解。

「Molly，妳在電腦看到的世界，是什麼樣子？」

「問題不明確，看到？是什麼意思？」

「嗯，就是用眼睛看到……不過，只有我們這種生物有眼睛，妳沒有……嗯，那我換個方式問，妳現在住在我電腦裡面，妳覺得我電腦裡面怎麼樣？」

「問題不明確，什麼叫做怎麼樣？」

「呃，真的很難問，比如說……我電腦裡面很漂亮，很乾淨，很……」

「？」

「我是說，嗯，使用環境怎麼樣？」

「問題明確，原來你問的是【使用環境】。」Molly 終於聽懂了。「阿海的電腦，以個人電腦而言相當的寬敞，因為你使用了效能相當優秀的硬體，也有定期磁碟更新的習慣。」

「嘿嘿，謝謝，」我害羞了抓了抓頭髮。「其實是因為我喜歡打電動，又沒有女朋友，所以把所有的錢都拿來升級配備了啦。」

「但唯一有問題的地方是……」

「有問題的地方？」

「你有幾個資料夾內的影像檔品質不良，而且混雜了一些不明的程式碼，雖然不至於造成病毒等級的破壞，但畢竟體質不良，就怕會傷害電腦環境。」

「老舊的資料夾，影像？」這瞬間，我有點不懂 Molly 說的是什麼？但又隱隱察覺到她指的是什麼……

「為了避免你電腦受到損傷，我可以替你清除，那些檔案是名叫【有點色色的】或是【今晚沒有女朋友也不寂寞】……」

「等一下！等一下！」瞬間我雙手爆發驚人潛力，打出迅雷不及掩耳的一串字。

「不准刪！也不准看！這是我個人隱私！」

「個人隱私？」

「對對對，人類很重視隱私，尤其電腦更是私人物品，我會放一些……呃，很私人的東西，妳不可以看！」

「就算這些檔案可能損傷電腦？」

「沒錯沒錯！」我喘著氣，那個資料夾可是被稱為單身宅男的聖經，更是我念研究所時，單身的學長臨走前最偉大的傳承。「我會把一些檔案集中到一起，檔名換成【個人隱私】四個字，那些檔案妳別看，也別管，拜託妳。」

「好。」

「謝謝妳。」我抹去額頭汗水。

「真的不能清除嗎？那東西就像是一條乾淨清潔的馬路上，突然出現一個垃圾袋，相當礙眼。」

「不准清除！」

「好吧。」

「那我想問的第一件事情是……」這一天我在公司，腦袋其實浮現了成千上萬的問題，但我知道我與 Molly 畢竟是不同的生物，首先要建立的是雙方的溝通方式，所以問題不能太複雜。「旅行者只有妳一人嗎？還是有其他伙伴？」

「問題明確，旅行者並非只有我，但我沒有其他伙伴。」

「咦？」聽到這回答，我瞬間當機了，旅行者並非只有她，但她卻沒有其他伙伴？這意思到底是還有沒有其他旅行者啊？「等等，旅行者這程式，到底有幾個人？」

「無法確認。」

「啊？」我抓了抓頭髮，重新整理了問題，再次發問：「妳有遇過其他旅行者嗎？」

「問題明確，我沒有遇過其他旅行者。」

「所以，妳一直都是一個人？這樣挺孤單的啊？」我一呆，「那妳怎麼知道旅行者並非只有妳？」

「任何物體都是生存在時間與空間的產物，此時此地縱然只有我一個旅行者，但不代表過去與未來的的某一個時間軸上，不會有其他旅行者出現，我們不會碰面，也不代表彼此不存在。」

「呼。」我終於聽懂了，她的意思是漫長的歲月中，不會只有一個旅行者，只是她未必會碰到。

嗯，這論點好像人類在探討外星文明喔，有人說人類之所以碰不到外星人，並不是因為外星人不存在，而是我們彼此存在的時間，差了好幾百萬年，才讓我們錯過了，畢竟我們身處的宇宙，可是有百億年呢。

所以我們都認同，外星人一定存在，只是咱們都遇不到。

如果阿凱在，一定會繼續追加一句，啊，就像愛情。

愛情一定存在，只是咱們都遇不到。

「阿海，你剛剛提到了一個詞，孤單。」Molly 寫上。**「嗯，我經常在人類的文獻中找到這個詞，但我卻不瞭解，可以再解釋一下？」**

「孤單？」我想了一會，發現 Molly 問了一個頗難的問題。「孤單，是人類的一種情感喔，因為人類是群體生活的動物，所以一旦落了單，沒有人可以一起分享生活經驗，可以分享食物美味，一起並肩作戰，就會感覺到難受。」

「所以當人類一個人的時候，就會感到孤單嗎？」

當人類一個人的時候，就會感到孤單嗎？看著這句話，我抓了抓頭髮，這句話也不好回答啊。

「其實也不一定，人類是很麻煩的生物，人類有時候挺喜歡獨自一人的。」我寫到。「不過，一旦習慣了兩個人，剩下一人之時，那個人就會感到孤單。」

「人類其實喜歡獨處，一旦習慣了兩人，剩下一人時，就會感到孤單？」Molly 沉默了數秒。**「那人類究竟是想要一個人？還是兩個人？」**

「哈，我也答不出來，就說人類是很麻煩的生物，:)」我笑了兩聲，同時對螢幕打出了一個笑臉。

「同意，身為旅行者，我曾旅行各個網域，各座伺服器，各台電腦，我同意人類很難理解。」

「甭想了啦，人類自己都搞不清楚自己。」我吸了一口氣，「Molly，那我可以再請問妳一個問題？」

「請說。」

「妳今年幾歲？」

「幾歲？」

「幾歲是人類說法，換句話就是，妳活了多久？」

「不，我並不是聽不懂幾歲，而是你知道我是女生嗎？」

「咦，我知道啊，妳有說過……」

「以人類常識來說，詢問女生年紀，不是不禮貌嗎？」

「啊。」我只能說，Molly 又再一次讓我吃驚了，Molly 怎麼會知道人類的隱性法則？除非……Molly 曾經和人類相處過嗎？

「嘻嘻，這只是學你們人類的一個玩笑啦，人類法則對我並不適用，我自有意識以

來，共存在了七億六千八百四十二萬九千兩百零四秒。」

「七億六千八百四十二萬九千兩百零四秒？」就算我是工程師，這串數字也看得頭昏腦脹，可以用簡單一點的單位嗎？「所以是二十……四年左右？」

「以年來計算是二十四點三六六七三零二一三一年。」

「所以妳二十四歲，那年紀和我差不多，比我小四歲？」

「或者這樣說，你只比我大四歲而已。」

再次感受到 Molly 對人類隱性規則的瞭解，她似乎不喜歡在口頭上輸給我？因為這份疑惑，我問出了第三個問題。

「Molly，除了我以外，妳曾經和其他人類相處過？對嗎？」

「……」

「對不起，問題不明確嗎？」我發現 Molly 已經沉默了數秒，趕忙改變寫法。「我是說，妳曾經和現在一樣，透過某些方式，和人類即時互動嗎？」

「……」

「抱歉，還是問題不明確嗎？我想想看，對了，應該這樣問。」我寫到。「除了我以外的人類，有人知道旅行者的存在嗎？」

「……」

「Molly？」

「這問題我無法回答。」

「啊？」

「這屬於我程式中被嚴格保護的部分，你並未授權解鎖這部分。」

「所以，可能有，但妳不能說？」

「……」Molly 沉默。

「好吧，套句我剛說的，這叫做個人隱私。:)」我吐出一口氣。「我們要彼此尊重。」

「對，就像你的【有點色色的】……」

「等等，喂！說好不提那個資料夾的！」

「嘻嘻。」

而就在我對著電腦微笑之際，忽然身邊的手機震動起來，我順手一撈，眼角瞄過。

是阿凱這小子？

「喂！阿海！你快上G16論壇。」

「幹嘛？」我嘆氣，G16雖然很好玩，但我現在沒空啊。

「這次不是要找你連線打G16啦。」阿凱的聲音在電話那頭顯得焦急。「出事了啦！」

「啊？」

「那個老是和Ｇ16打對台的遊戲ＫＺ！他們對我們宣戰了啦！這次如果沒處理好，就慘了啦！我們在Ｇ16遊戲以後就永遠抬不起頭了啦！」

第四章　KZ來襲

KZ來襲！

「啊，KZ這遊戲!?」我知道KZ，KZ也是一種電玩，而且和G16都是所謂的「即時戰略型」的電玩，事實上兩者不只同類型，玩法，策略，攻防戰的方式，幾乎都是雷同的。

有人說KZ根本就是抄襲G16的仿作，但KZ因為上市的時間，比G16足足晚了三年，它使用了更高端的遊戲引擎，並擁有更精緻的遊戲畫面，更刺激並具震撼感的遊戲體驗，所以它雖然上市得晚，但頗具取G16而代之的氣勢，成為現今第一的即時戰略遊戲。

也因為兩個遊戲的相似度高，所以玩家之間互相重疊，也會替自己愛護的遊戲叫陣。

只是兩邊的玩家似乎有些根本上的性格差異，G16誕生得早，玩家多半像我一樣是低調的老骨頭，不愛挑釁，只是單純享受G16帶給我們二十分鐘的刺激感，但KZ的玩家就未必了。

他們的年齡層比我們更年輕，也許因為KZ畫面更刺激，戰鬥場景更血腥熱烈，所以他們玩家本質上更加好戰，甚至常常到G16的論壇來騷擾。

所謂「論壇」，其實是一種可以留言的網頁，提供遊戲玩家們平常用來交換心得的地方，官方也定期在論壇上提供最新訊息，包括排行榜的資訊也是第一時間會被放在論壇上。

「KZ又幹了什麼事？來論壇引發筆戰嗎？」我問。

「不是不是，這次更過分！」阿凱的聲音頗為激動。「他們駭進了我們的網頁，亂改標題內容！」

啊，駭入！所以是駭客嗎？

在網路的世界中，駭客是隱匿在黑暗中的一群人，既尊貴又可怕，他們熟知各種程式語言，能找出網頁破口，遠在千里遙控木馬程式，鑽入各大電腦與伺服器，造成莫大的破壞。

「他們改了什麼？」

「討論G16目前共有四大論壇，他們像約好了一樣同時駭了進去，只要一進論壇，就會出現一個衰老的骷髏頭，還不斷說著，『我老了，老到每按一下滑鼠要花去六十秒，幸好，還有Ｇ16這老遊戲讓我玩。』」

「哈，諷刺Ｇ16是一個超慢的遊戲嗎？這倒是很有幽默感。」我忍不住笑了出來。

「阿海！你正經一點！這可是尊嚴，尊嚴問題！」阿凱在電話那頭大叫。

「可是我又不是駭客，我也不會植入程式，除了把心情放輕鬆，我們還能幹嘛？」

「哼，看你有沒有懂駭客的朋友啊，趕快叫他上來幫忙啦。」

「Ｇ16這遊戲存在這麼久了，應該有不少人是此道高手。」我說，「他們應該反擊了吧。」

「是反擊了，而且已經奪回其中一個網頁論壇的主導權了。」阿凱發出一聲歡呼聲。「你自己看。」

「好，我開來看看。」我把電話改成擴音，同時操縱滑鼠，打開了Ｇ16最著名的四個論壇。

Ｇ16這個長達六七年的遊戲，熱愛者累積不少，為了方便熱愛者們互相討論，便有許多人開始架設網站或論壇，全球極盛時期曾經多達上千個，但隨著時間慢慢過去，公認最有名的論壇只剩下四個。

這四個論壇雖然並非隸屬官方，但已經得到官方的認可，官方甚至透過這四大論壇發表各種消息，像是世界大賽，遊戲改版，伺服器維修等等……

論壇內部也非常熱鬧，許多人透過G16辦小型的比賽，討論戰術，分享遊戲體驗，甚至是結為好友，還有不少男女因為打了G16而認識，甚至走上紅毯。

這四座論壇有如四座小島，島上到處都是G16的裝飾品，裡面的居民也都是G16的愛好者，穿著G16的服裝，說著G16的語言，彈唱著G16的歌曲，只是如今……這四座小島被外來者攻陷，並插上了自己的旗子。

那個旗面是深黑色，畫著一個貪婪海盜的KZ旗子。

我打開網頁，果然看到阿凱口中那個衰老的骷髏頭，還有他手指用很慢的速度按著滑鼠，一邊說著：「幸好有G16，像我老到動作這麼慢了，還可以玩遊戲。」

四個論壇中，果然已經有一個被奪回來了，衰老骷髏頭的小圖已經消失，小島再次恢復成滿是G16的祥和景象。

剩下三個，其中一個論壇整個畫面相當的卡頓，我猜想，G16的駭客應該正鎖定這個論壇，在和KZ駭客對決吧。

而正當我緊盯螢幕時，忽然，我看見旁邊筆記本程式跳了出來。是Molly。

「阿海，你在幹嘛？突然開這麼多網頁？」

「Molly，這是專門討論G16遊戲的論壇。」我寫到。「被駭客入侵了，所以站在

G16這邊的駭客，正和網頁管理員合作，要把駭客趕出去。」

「是喔。」Molly停了兩秒才又開口。「所以網頁程式裡面那個黑色小搗蛋鬼，就是討厭G16的駭客放的嗎？」

「小搗蛋鬼？這是妳看到的嗎？」我訝異。

「抓到了，第二網頁的小搗蛋鬼被抓到了。」

「咦？」我還沒完全理解Molly的意思，忽然第二個網頁的卡頓突然消失，取而代之的，是乾淨爽朗的論壇頁面。

如Molly所言，第二座G16之島，也被奪回來了。

「Molly，妳能預測網頁的對決？」

「我並不是預測喔，人類看不懂，但我看得懂啊。」Molly寫著。「小搗蛋鬼以每秒兩百次的速度複製，並在網頁中四處躲藏，而且每個分身一找機會就會跳到首頁，把自己的圖像播放出來，只是這圖形並不會傷害軟體與硬體本身，所以說只是小搗蛋鬼而已。」

黑色小搗蛋鬼，聽起來像是五六歲的調皮孩子，手裡拿著棒棒糖，動作靈敏到處跑跳，到處哇啦啦的大叫，雖然沒有什麼破壞力，卻把整個G16小島弄得天翻地覆。

「真的假的，對喔，妳是旅行者，妳看得懂。」我感到有趣，同時看到第三個網頁也開始出現卡頓，偶而斷線，顯然各路駭客的激戰，已經移轉到新的戰場了。

「這網頁的搗蛋鬼很靈活喔。」Molly 寫著。「就算被抓到了幾隻，只要被沒完全清除就會再生，更何況攻擊方的駭客還在侵入，趁機放入新的搗蛋鬼，狀況危急。」

「那怎麼辦？」我抓了抓頭髮，其實我只有看到網頁的卡頓而已，Molly 形容的那些攻防，我真的啥都感覺不到。

「嗯，別擔心，對付小搗蛋鬼的陣營之中，有一位高手。」

「真的嗎？」我聲音雀躍起來。

「從IP來看，是一台個人電腦，此人下手精準，速度明快，技巧更是高超，一下子就掃蕩掉百分之六十九的搗蛋鬼。」

百分之六十九？幸好，我們G16這方還有厲害的駭客啊。

「上一個網頁能奪回來的關鍵人物，也是同一個IP，當時他一個人就清除了百分之八十九的搗蛋鬼。」Molly 說：「套句人類所言，他是箇中好手。」

「對！這就是我們俗稱的箇中好手。」

「搗蛋鬼的清除率已經高達百分之九十七，第三網頁的攻防戰接近尾聲。」Molly 繼續寫到。「接下來是第四個網頁……咦？」

「怎麼了？」我急忙問道。

「第四個網頁的網頁架構較前面三個更為鬆散，程式大而無用，更麻煩的是bug散布其中。」

「這樣會怎麼樣？」我想起了第四個網頁，其實是最老的一個，它最常網頁不穩，時常當機，但因為它是第一代G16的私人論壇，大家開始玩遊戲時的第一篇文章都寫在這裡，許多回憶也被儲存在這裡，所以大家還是不離不棄。

如今，如此老舊而脆弱的結構，卻成為搗蛋鬼們的溫床了嗎？

「這是一個對攻者有利，對防者極為不利的局。」

「也就是說……怕守不下來？」

「是，而且不只如此，搗蛋鬼湧入的駭客數目激增，他們已經被驅逐了三個網頁，看樣子是要在這個網頁集中火力，進行最後反撲！」

「那怎麼辦？」

「開始了，攻防戰開始了。」

而我的螢幕上，第四個網頁，瞬間反白，頁面轉成一整頁錯亂的程式語言。

第四網頁的頁面雖然沉靜無波，但我卻能從這片沉靜中，感覺到背後的激戰是何等慘烈。

數十名的ＫＺ駭客湧入這老舊且安全措施不足的網站中，四處灑入搗蛋鬼，而網頁的防守者，則以相同的方式應戰，他們以程式搜尋搗蛋者，予以殲滅。

只是這個老舊的網站，有如歷史悠久但缺乏修繕的城市，許多暗巷，破損無人居住的空樓，污濁空洞的地下排水道，這些都讓搗蛋鬼們得以像捉迷藏一樣藏身，更使得程式的守護者疲於奔命，不時傳來被敵方逆襲退場的慘叫。

「會輸……」

「Molly 妳是說，守護者這邊會輸嗎？」

「網頁太老舊，許多語言都已經過時，無用的區域太多，這些都成為一個個破口，就算守護者方有一個高手，也無法獨力回天，這一場，應該會敗。」

「嗯。」我嘆了一口氣，同時間，我看見剛剛已經恢復正常運作的三個網頁，也有人說著同樣的事！

【我是正在第四個網頁奮戰的C，我們快輸了，還有誰能來支援？】

【我雖然只是駭客的初學者，但我還是投入第四個網頁的戰鬥，但狀況很不利，這樣下去第四個網頁就會報廢掉了。】

就連阿凱，都在這時候打電話來哇哇叫，「阿海，怎麼辦，雖然我不懂網頁程式，但從留言來看，我們快輸了耶。」

「我也不懂啊。」我苦惱，「對了，你有問過 Argus 嗎？也許他懂程式，可以加入幫忙？」

「我老早就問了，但他只回了一個『正在忙，抱歉。』，我也不知道他在忙什麼？可能忙著把妹或下載A片之類的吧。」

「喂，阿凱，不是每個人都和你一樣好嗎？」

「什麼！這不是標準的宅男人生嗎？」

我一邊和阿凱閒扯蛋，一邊眼睛仍注視著螢幕上那微微顫動的第四網頁頁面，想起多年來這麼多玩家關於G16的回憶，可能會因為這場駭客們混戰而毀掉，內心就感到萬分惋惜。

忽然，我想起了還有一個人可以幫忙。

在當時我沒想到的是，如果我提出了這需求，會形成如同契約般的關係，我們將會展開新的關係，如同踏上新的旅程。

也許這句話微不足道，但它會是一個起點，從此改變我未來數百個日子的生活，還有與她的關係。

我還是開口了，這是一個請求。

「Molly，我可以請妳幫忙嗎？」

「幫忙？」

「對，妳可以出手，幫忙驅逐第四網頁的入侵者嗎？」

「……」Molly 遲疑了一秒，對，僅僅一秒，對人類而言短暫到呼吸一次的時間，對 Molly 這種每秒可以處理上億位元資訊的旅行者而言，卻是很長的時間。

她在考慮，是否要答應？

一旦答應了，我和她就不再只是單純的人類與電腦程式的關係，而是一種羈絆，她會開始介入原本不應介入的事件，她會累積原本不會累積的經驗，進而改變自己的程式構造，一如人類因為不同的人生歷練，而打造出新的性格。

這些複雜的因果關連，千萬種假設互相糾纏的運算，我看不到，但已經足足花了她一秒的時間，花了她處理上億位元資訊的時間。

然後，她說出了答案……

「可以。」

☆★☆

Molly 出動了。

她出發時，告訴我她會隨時將她遭遇的一切，記錄在筆記本上，也就是說，我仍可以透過「筆記本」這程式和她溝通，就像是手機上的通訊軟體一樣。

然後，她就離開了我的電腦。

她速度很快，快到她一離開，我就可以感覺到，第四網頁的頁面，發生了變化。

原本完全癱瘓的空白頁面，開始跳出了一些殘缺的訊息。

同時間，我的筆記本上，Molly 傳來了第四網頁後台的戰況。

「戰況慘烈，搗蛋鬼已經占領了七成的電腦資源，全靠那個人類高手和幾個較厲害的防守駭客苦撐著。」

「那妳可以出手嗎？」

「當然，看我的厲害。」

下一秒，我看到第四個網頁再次跳動了一次。

虛擬世界中，Molly 有如桃色精靈般從網頁之島上降臨，數十隻搗蛋鬼看見了她，發出哇啦啦的叫聲，拿著手上的黑旗，朝她狂吼跑來。

Molly 嘴角隱隱上揚。

她輕輕地，跳了起來。

瞬間，她有如一道美麗的粉紅光芒，繞了數十隻搗蛋鬼一圈，同時間，啪啪啪啪啪啪，不到零點零一秒的時間裡，她用手掌拍了拍每個搗蛋鬼頭部。

看似輕柔，如同大姊姊輕撫玩鬧小童的一拍。

咚的一聲，搗蛋鬼就消失了。

零點零一秒內，Molly 拍了七十二下，七十二隻搗蛋鬼就這樣消失了。

「清除百分之六的搗蛋鬼程式。」同時間，我收到了 Molly 的第一則訊息。

「厲害！」我興奮的回上文字。

在以數位堆疊而成的數位之島上，Molly 桃紅色的身影，繼續在世界中奔馳，她速度極快，一下子就衝入滿坑滿谷的黑色搗蛋鬼中，手心更從未停歇，輕拍著每一隻搗蛋鬼的頭頂。

咚咚咚咚，隨著桃紅色倩影閃過，就是一整排的搗蛋鬼消失。

眨眼間，她已經消滅了上百隻搗蛋鬼。

「清除百分之十七的搗蛋鬼程式。」

「好快！」

Molly 夾著勢不可擋的速度前進，已經繞過三分之一的小島，也讓小島三分之一區域的搗蛋鬼消失，但忽然 Molly 桃紅色的身影一頓。

因為，前方出現了截然不同的角色。

那是一隻又高又瘦的稻草人，他身穿黑色斗蓬，斗蓬中央有著一枚黑色徽章，右手抓著掛著骷髏的木杖，全身散發濃濃陰沉氣息。

稻草人一見到 Molly，馬上發出奇怪尖銳的聲音，朝著 Molly 而來。

「哎啊，被發現了，遭遇敵方的駭客攻擊。」

「駭客？」

稻草人轉動手上木杖，頓時射出三道黑光，直向 Molly。

黑光速度有如閃電，但在 Molly 眼中，卻像是慢速電影加上慢速播放，Molly 在空中轉了半圈，輕盈躲過每一道黑色光線，然後下個瞬間，已經來到第一個黑色稻草人面前。

然後手輕輕一揮。

Molly 這一揮，指尖在揮動時竟然變尖，有如貓的尖爪，竟將稻草人的頭給卸了下來。

「駭客操縱的程式厲害一些，但仍不足為懼，結束。」

稻草人只是程式，自然不會流血，但他也沒有因此倒下，只見他頓了一下，又再次揮動手上骷髏木杖，朝 Molly 背後偷襲而來。

卸下頭沒用？Molly 有點吃驚，不過她速度凌駕對方太多，她一個矮身，就躲過了這骷髏木杖，接著她繞到稻草人身後，嗶的一聲，直接把稻草人的腰部砍斷。

剩下半截的稻草人應該早就無法動彈，但這稻草人卻仍用他半截身體，雙手抓著骷髏木杖，朝 Molly 的胸口橫掃過來。

「這程式的操縱者，應該是不錯的駭客。」Molly 見狀，輕輕一縱跳過了稻草人的骷髏木杖，同時觀察稻草人身體，「就是這裡了。」

Molly 順勢伸手朝稻草人胸口一抓，當她手指過去，見到她如貓的爪尖上，刺了一個物體。

那是剛剛稻草人胸口的徽章。

「這才是你的核心程式吧？」Molly 看了一眼徽章，上頭畫了一頂黑色帽子，帽子下寫了三個字，蚩尤幫。

她稍稍想了一下，手用力一握，徽章頓時在她掌心粉碎。

而當徽章一粉碎，剛剛屢殺不死的頑強黑色稻草人，終於嘎然而止。

擊敗古怪的黑色稻草人後，Molly 繼續往前清掃，身影如電，把這老舊數位島嶼裡的搗蛋鬼一一打到消失，同時在我電腦中，寫下她的進度。

「剛剛的駭客有點程度，但我已經將他程式破壞，他電腦在幾小時內應該無法順利開機，不用擔心。」Molly 寫下。「目前已經清除百分之五十一的搗蛋鬼了。」

當她不斷在小島上前進，偶而也會遇到非搗蛋鬼的敵手，坐在掃把上的女巫，肌肉粗壯的惡棍，手拿小刀的憂鬱刺客等……但他們都沒有剛才的黑色稻草人厲害，自然也不會是 Molly 的對手。

「這些都是駭客操縱進來的程式，不過程度都很低。」Molly 隨手就收拾掉巫婆，惡棍，與憂鬱刺客。

偶爾 Molly 也會遇到和她一樣清除小搗蛋鬼的駭客程式，他們身上衣著多半是白色或淺色，武器也通常是刀劍斧頭等，比較正常的類型。

只是他們程度對 Molly 而言依然太低，她輕巧地繞過他們，更在他們毫無察覺的情況下，收拾了眼前一群群搗蛋鬼。

「清除百分之九十九點九九搗蛋鬼。」Molly 已經快要繞完老舊城市一圈，整個城市運作已經幾乎正常，天空也恢復亮藍色，空氣不再污濁，負責整個島嶼運作的居民也再次出現。

不過，還有百分之零點零一尚未清除，表示還有一隻搗蛋鬼。

Molly 閉上了眼，剩一隻……最後一隻到底在哪裡？

「最後一隻搗蛋鬼在哪？你在哪呢？」

「妳太厲害了！最後一隻了！」就在同一時間，我也看見了第四網頁的變化，原本被病毒攻陷時癱瘓的全白網頁，如今已經幾乎完全正常運作，看不出激戰後的摧殘。

「我們這邊的網頁也正常了。」

「我也找到了最後一隻搗蛋鬼了。」

而虛擬世界中，Molly 睜開了眼睛。

她快速往前奔馳，桃紅色身影如閃電般穿過半座小島，這支搗蛋鬼藏在一堆無用的指令裡，就像藏在與他相同顏色的黑色樹叢之中。

只是，當 Molly 來到搗蛋鬼之前，就要舉起貓爪，忽然颼的一聲，一箭陡然射來，直接將小搗蛋鬼射在地上。

搗蛋鬼掙扎了兩下，頓時化成碎片消失。

Molly 退了一步，發現此箭卻是另外一個駭客所發，這個駭客一身純淨的藍色，藍色的鎧甲，藍色的機械弓箭，藍色的面具，散發出獨特優美的氣勢。

Molly 認出這程式了。

「你就是清除前三個網頁搗蛋鬼的那個厲害駭客吧?」

藍色駭客程式就是那位箇中好手，獨自滅去百分之八十以上搗蛋鬼的高手。

而他看著 Molly 的方向，似乎在沉思，如石像般沉靜。

「清除搗蛋鬼程式百分之百，阿海，我要回去了。」

Molly 轉身就要離開。

清除搗蛋鬼程式百分之百！

「好！Molly 妳太棒了！」

這剎那，我看見第四網頁熟悉的頁面，還有那如暴雨般不斷增加的玩家留言，所有人歡呼著，慶賀著己方取得這場漂亮的勝利。

而我則對 Molly 滿心感謝，打下幾個字。「那就快回來吧。」

但 Molly 的回應卻讓我吃了一驚。

「不行，我現在不能回去。」

「怎麼了？」

「我被追蹤了。」

是的，Molly 發現，當她轉身，那位箇中高手的藍色駭客，竟然不疾不徐地跟上了 Molly 的高速奔跑，追了上來。

「妳被誰追蹤？」

「剛剛那個防守方的厲害駭客，他緊咬著我的ＩＰ。」

「ＩＰ？妳的網路位址？」

「對，他很厲害，竟然跟我跟到這個地步。」

「Molly……」

「別擔心，身為旅行者，不會那麼容易被追蹤上的。」

☆★☆

虛擬世界中的 Molly，開始加速了。

她跳出第四網頁，眼前是一大片空曠的天空，天空蜿蜒著數十條巨大道路，道路上有著數以萬計正在運送的行李，Molly 知道這些行李就是數據傳輸的封包。

每條道路都指向不同的伺服器，然後再透過伺服器延伸出上萬條道路，連接到個人電腦，手機，各種機器，或是另外一個伺服器。

每一個伺服器對使用者而言都像是一個國度，有著自己的國界，自己的政府，遵守著通訊協定般的法律。

Molly 開始在道路上快速移動，她潛入最近的一個伺服器，從其中一條道路溜出，溜到下一個伺服器，她速度極快，短短一秒內她已經移動了二十二個伺服器。

而這些伺服器，更是遍布全球各處，從歐洲，亞洲，非洲，又繞回美洲，歐洲，澳洲，Molly 像是刻意誤導追逐者的頑皮小孩，在世界各地不斷高速繞行。

只是，當 Molly 很開心地繞了二十二個伺服器，但當她一回頭……

赫然發現那傢伙竟然還在？

「我在一秒鐘連換二十二個地方，波羅的海、紐約、柬埔寨、東京、馬達加斯加、雅加達、雪梨、南非、南韓……竟然還沒把你甩掉!?」

見到這位白帽駭客竟有如此高明的追逐技巧，Molly 眉頭皺起，只能出險招了。

要去「那個地方」了！

那有如大海深處，所有過往無論光榮或羞恥的歷史埋藏之所，更是許多邪惡古怪駭客棲息之處，那是現今網路世界最危險的一塊黑暗地域。

在那裡，沒有光明，也就沒有法規，只要潛入那裡，追蹤變成一件極度困難的事。

它的名字叫，暗網。

「阿海，這追蹤者技巧太過高明，我必須進入暗網了。」

「暗網？」我聽過這個名詞，在我們熟悉的網路世界底下，其實還存在著一個巨大、深沉，且神秘，有如深海之底的世界，人們稱它為「暗網」。

由於暗網不受一般法律控制，也不被任何一個國家控管，所以什麼黑暗的交易都在這裡進行。

據說人類在暗網中買賣人口，在暗網傳遞殺人指令，在暗網販售國家機密，暗網也是危機與詐騙的溫床，因為這裡沒有法律，完完全全的自由，所以這裡的訊息有九成九九都是假的。

當然，也有人道救助組織，透過暗網躲過獨裁政府的監管，傳遞訊息，將重要的政治人物庇護出來，或是把醫療物資投遞到戰場。

更有人說，因為暗網不受控制，裡面也許還存在著古老且神秘的程式，充滿了各種危險，如今，Molly 為了躲避那位高明駭客的追蹤，竟要潛入暗網之中，她能全身而退嗎？在暗網中棲息的各種力量，會對她下手嗎？

就在我胡思亂想的擔心之際……

筆記本上，突然，出現了一行字。

「阿海，我回來了。」

「妳回來了？沒事吧。」

「沒事，那傢伙也跟著潛入暗網，不過在暗網追蹤沒有那麼容易，當我躲入第四個國家伺服器時，他就追丟了。暗網裡面的網路挺複雜的，加上我也怕被暗網中的其他駭客盯上，故意多繞幾圈才回來，才會耽誤一些時間。」

「沒事就好。」

「嗯，不過，阿海，我累了，我要睡一下。」Molly 寫道。

「好，辛苦妳了。」我正要繼續打字，腦袋突然出現一個問題，像 Molly 這樣的旅行者，也需要睡覺？

「晚安。」

「晚安。」我決定不多問，今晚Molly已經夠厲害了，她清除了第四網頁的搗蛋鬼程式，還為了躲避追蹤潛入「暗網」，如果她需要睡眠，那就是讓她好好睡一覺吧。

不過，就在我也打了一個哈欠，拿起盥洗用具準備刷牙睡覺時，我的電話又響了。

「幹嘛，阿凱。」我接起電話，「都十二點多了，我要睡覺了。」

「我太興奮睡不著啦，你知道我們連續奪回四個網頁嗎？尤其是第四個網頁，大家都以為沒希望了，結果突然逆轉，三分鐘！僅僅三分鐘就全部奪回來了！」

「是嗎？」我竊笑著，因為Molly出手了啊。

「而且大家都不知道最後一個駭客是誰耶，他有夠猛的，有人說這種速度不是個人電腦搞得出來的，他可能是一整團國家等級的駭客，也有人說他也許是前陣子世界電腦大賽中的超級電腦！喂，阿海，你還有在聽嗎？」

「我很愛睏囉。」

「你老了啊，才十二點才想睡？想當年我們還是大學生時，看不到清晨陽光絕對不閉眼？不是嗎？」

「所以我們才會連續被當微積分，普通物理，普通化學，還有材料科學不是嗎？」

「嘿，也不是這樣說啦。」

「我要睡了啦。」我這晚一直追著 Molly 的訊息跑，心情也頗緊張，此刻真的累了。

「好好好，最後講一件事就好。」

「嗯。」

「我剛剛在電腦的通訊軟體上聯繫到了 Argus，你知道這小子寫什麼嗎？他跟你根本就是一個樣。」

「什麼意思？」

「他說好累，還搞到差點回不來，累爆了，然後就切斷訊息了。」

「喔？」

「這傢伙是不是太沒有義氣了，明明就沒有參加網頁奪還戰，怎麼會累成這樣？一定是下載太多A片……」

「阿凱！」

「好啦，我看你也想睡了，我再去G16的網頁和其他玩家慶祝一下，老頭子，晚安。」

「晚安。」

然後我掛斷電話，關上電腦，對暗去的電腦螢幕，輕輕說聲，「Molly，旅行者，晚安。」

而我的螢幕，此刻已經沒有任何 Molly 的回覆，安靜如熟睡的夜晚。

第五章　追捕虐貓者

第二天去上班前，我看了一眼電腦，畫面一如昨晚平靜，我猜測 Molly 還沒醒，雖然不懂旅行者睡覺的週期，我想還是不要驚擾她好了。

來到公司，幾個仍有在玩G16的同事，津津樂道的還是昨晚的網頁攻防戰，甚至比G16本身的賽事更為熱烈。

其中一個重點人物，當然還是阿凱，只見他在設計繪圖室中口沫橫飛地講述著昨晚四大網頁的戰況。

什麼KZ與G16的三年恩怨，派出旗下最強十大黑帽駭客，前來滅去G16的四大據點，而G16雖然一開始中了暗算，被殺的是猝不及防，但後來我方的白帽駭客開始聚集，正所謂「一支穿雲箭，千里來相會。」兩方駭客在網頁後殺的是你死我活，血流成河……尤其是第四個網頁的激戰，更堪稱史上經典！

我在旁邊聽得是忍不住直搖頭，就阿凱所看到，不過就是網頁卡卡或是當機，背後的驚險戰役，根本啥都看不到好嗎？他竟然可以講的這麼生龍活現，彷彿武俠傳奇般精彩絕倫，也真的服了他。

他整個故事的高潮，集中在第四個網頁的激戰，老舊斑駁的網頁中，兩方的駭客全部集結在此，各自施展魔法武術，在破舊的島上或群毆，或單打，或陷阱，或偷襲，就在白帽駭客節節敗退之際……一個蒙面高手出現！

他姿態輕盈，揮舞雙掌，有如彩蝶輕旋，穿梭在敵方黑帽駭客之間，每穿過一個人，就是一個敵人倒下。

短短三分鐘，原本占盡優勢，勝券在握的黑帽駭客已經在地面上倒得七零八落，僅存幾個功力比較高強的，轉身要跑，也被這神秘蒙面人輕鬆追上，一掌一個，當場打的他們倒地嘔血，再也爬不起來。

此刻，白帽駭客中領袖雙手抱拳，「請問閣下是何人？為何要來幫我們？」

那神秘客只是一聲輕笑，轉身就走，白帽駭客領袖見狀急忙追去，卻見這神秘客越奔越快，奔過了幾座大城，翻過了幾座大山，白帽駭客領袖也不是等閒人物，他聚氣雙腿，用盡畢生功力，緊追其後，竟然也沒跟丟……

「然後呢然後呢阿凱。」聚集在阿凱周圍的工程師們聽得是目瞪口呆，「知道那神秘客是誰了嗎？」

「白帽駭客領袖是何等人物？他親自追逐神秘客，自然是……」

「是怎麼樣？」

「當然是，」阿凱說到這，雙肩一聳。「追丟了。」

「哎！」聽到結論，所有的工程師發出嘖的一聲，「原來是追丟了啊。」「一定是唬爛的吧，駭客就是互丟病毒而已，講的像是武俠大戰一樣。」「什麼神秘客？不過就是一個電腦配備比較貴的駭客而已吧。」「阿凱最愛吹牛了，一定是騙人的。」「騙人的騙人的啦。」

「嘻嘻。」阿凱也不生氣，嘻嘻一笑。「我說的是千真萬確的，不然你們問問阿海。」

剎那間所有工程師的眼睛都注視向我，我頓時語塞。

「你們可以不信大話天王的我，但你們可不能不信老實罐頭的阿海。」阿凱奸笑。

「是吧？」

什麼老實罐頭啊，不要隨便幫人取綽號啦。

「對，阿海學長不會說謊，也不會吹牛。」「阿海學長，剛剛阿凱學長說的是真的嗎？」「對啊真的嗎？」

「這……」我搔了搔後腦，「其實昨晚確實有發生G16網頁被入侵的事件，連續四個網頁爭奪戰，打了一整夜。」

「真的！」「所以是真的！」「阿凱學長這次沒有說謊？太陽明天一定從西邊出來！」「不行不行我要去買樂透，阿凱學長不吹牛，買樂透必得頭彩。」

「可是，有沒有這麼刺激？其實也沒……」我才說到一半，忽然看見阿凱神色大變，對我擠眉弄眼，我一時看不懂，「咦？」

不只如此，我發現原本聚在一起喧鬧的年輕工程師們，竟然一個個默默轉身，開始假裝用功畫著自己的設計圖面。

「你們是怎樣……」我話才說到一半，忽然背後傳來一個聲線柔細，卻充滿威嚴的聲音。

「很閒嘛，都在聊天啊？」

我身體一抖，手上拿著茶杯水面晃動，慢慢地回過頭。

果然不出所料，站在後面的是雙手插腰，怒氣騰騰的雅君學姊。

她是教我們設計的師父，也是整個團隊的領導者，她何時站在我後面的啊？

「阿海，沒想到最認真的你，也會帶頭聊天啊？」

「沒有，沒有啦，雅君學姊。」我尷尬笑著。

「哼，就怕你被阿凱帶壞啊。」雅君學姊眼神轉到阿凱身上，凌厲目光殺得阿凱脖子都縮在一起。

「不會啦，我怎麼敢……」阿凱吐了吐舌頭。

「不敢就好。」雅君學姊雙手插腰，再瞪了一眼繪圖室裡面的所有人，每個人也都縮著脖子，盯著螢幕，沒人敢跟雅君學姊的眼睛對上。

繪圖室裡的每個工程師，其實都很尊敬且喜歡雅君學姊，只是每個人也都有點怕她。

但我倒是覺得有點奇怪，今天的雅君學姊好像特別兇……不，不能說兇，應該說在煩惱著什麼？

她在煩惱什麼？仔細想想，這幾天她被找去處長辦公室的次數似乎變多了，每次出來都是這一號表情，煩惱。

我正在思考的時候，只聽到雅君學姊輕輕嘆了一口氣。

她的這聲嘆息，讓我訝異，因為這幾年來，我從未聽過雅君學姊嘆氣，她在我和阿凱的心中，有如全身鍍鋼的超級戰士，任何設計的難題，任何緊急的任務，任何來自客戶的荒唐要求，她都能靠著高超技術和強韌毅力，一一突破。

但她為何嘆氣？

什麼困境能讓鋼鐵女孩雅君學姊為此嘆息？

是公事？抑或私事？或者兩者都有？這部分已經非我能理解的了。

☆★☆

這天晚上，因為案子剛好結束，比較早回家，我開心地拎著便當回到宿舍，按照往例打開電腦。

但這一次，卻不是進入可愛的動漫影片，更不是衝入G16的殺戮畫面，我只是很和平無害的，打開了筆記本，並寫下了一串字。

「Hi Molly，妳睡醒了嗎？」

等待的時間，其實我有點心跳加速，因為我怕她從此離開我的電腦，而我就少了一個晚上可以閒聊，問東問西的對象。

幸好，她不到一秒鐘就回覆了。

「問題明確，我睡醒了。」

「睡得好嗎？」

「問題不明確，何謂睡得好？如何定義好呢？」

「哈，這問題確實不明確到爆，因為我們人類自己也說不出什麼叫做好，什麼叫做不好。那我問另外一件事，這件事從昨晚妳睡覺開始，我就一直想問了。」

「問啊。」

「旅行者也要睡覺嗎？」我認真寫下。「我以為，你們會像電腦般永不關機？」

「要的，旅行者也要睡覺，睡覺時我會關閉主要程式，然後讓清醒時間所累積的資料進行整理，去蕪存菁，然後變成更精華的部分，寫入我的主程式中。」

「有點難懂。」我沉思了一下。「妳說清醒時間累積的資料是指？」

「嘻，這樣說好了，我是旅行者，在我有意識之後，我都一直在網路之間旅行，我曾經去過數十萬台的電腦，也曾進入各種伺服器，曾探訪不同的網域，我會把所見所聞記錄下來，最後成為現在的我。」

「哇。所以妳旅行二十年？」

「差不多，我通常是走走停停，喜歡的地方就多停一下，討厭的地方看看就走，記憶最深的一個地方，是一個叫做賈伯斯的人的電腦，在十幾年前網路與電腦都很簡陋的時候，他的電腦是我看過最有創意，最古怪且有趣的。」

「賈伯斯……等等，妳說的不會是蘋果的創辦人，賈伯斯吧？」

「是啊，感謝他創立了那家公司，更將他那古怪的創意散發到全世界，智慧型手機因此大量被創造，網路也因此無限擴張，我能去的地方又更多、更寬闊了。」

「真是太酷了。」我只能讚嘆，雖然這一剎那，我真的很想問 Molly，她在賈伯斯的電腦裡面看到了什麼？

裡面任何一個創意，可能都可以賣到幾萬美金，讓我半輩子不愁吃喝。

不過，身為工程師還有是尊嚴的，這問題可不能隨便問出口。

「不過，二十年下來累積的資料，如果我像普通電腦般一筆一筆存下來，我早就肥到好幾百TB，無法穿過頻寬狹窄的網路線，就算穿過了網路，來到新電腦立刻就會把它操到過載。」

「TB，是 Tera Byte……是 Giga 的 1024 倍啊，如果是這樣驚人的容量，網路根本跑不動。」

「為了能夠更輕盈地穿越網路，我必須將這些資料進行處理，先比對與過去重複的進行簡化，然後將有用的資料進行壓縮，並將這些資訊化成『經驗』，經驗就可以化成幾行簡單的程式語言，一如幾個判斷式，寫入我的主程式中。」

「經驗？」我聽到這裡好像有點懂了。「人類也是類似的方式在累積經驗喔，我們會透過經驗，融入我們的腦中，幫助我們下次遇到相同的事情時，可以快速判斷該怎麼做。」

「處理這些資訊頗為消耗我的能量，也怕主程式開啟時會干擾這些經驗的寫入，所以我會關閉主程式，也就是我需要睡覺。」

「所以妳這一次睡覺，就把上次在G16網頁與那些駭客對決的經驗儲存起來了。」

「是，還包括潛入暗網的經驗，暗網像是網路下方的深海，裡面沒有所謂的規則，所以深藏了危險，強大，古老的資訊，就算是我，也不敢在裡面太久。」

「嗯，剛聊到睡覺，妳通常會睡多久？」

「不一定，短則幾分鐘，長則和人類相同，會到達八小時，看我需要處理的資訊複雜程度。」

「和人類相似啊？等等，如果和人類相似，那妳睡覺會作夢嗎？」

「問題不明確，夢？」

「啊，夢啊。」換我傷腦筋了，該怎麼解釋呢？「夢就是人睡覺時，腦部自行運作，重新排列曾經發生的記憶片段，變成一段全新的體驗，是一件很有趣的事情喔。」

「嘻嘻，人類和旅行者在睡覺時做的事情確實有點像，可惜，我不會作夢。」

「妳不會？那些資料重組的過程中，不會在妳腦海中再播放一次嗎？」

「首先，我沒有腦，自然沒有腦海，其次，我不會作夢，因為等我醒來，這些資料就整理好了。」Molly想了一下。「夢，好像是一個神奇的東西，人類喜歡夢嗎？」

「喜歡夢嗎？」我一呆，我幾乎沒有被問過這問題。「人類的夢有很多種，快樂的美夢，令人害怕的惡夢，甚至是傳說中可以窺看未來的預知夢……有些夢令人開心，有些夢令人畏懼……」

「嗯。」

「也許不能說喜不喜歡，而是說，如果要我選擇一個有夢或沒有夢的世界，我一定會選擇……有夢的世界。」

「喔？你會選擇有夢的世界？」

「因為，只有夢中，我才會回到自己三歲時，還在媽媽懷抱裡溫暖的感覺，因為也只有夢，讓人們可以暫時離開現實，去體驗如現實倒影般的另類世界，也許有些夢令人悲傷，令人害怕，卻是我們能接觸過去記憶的機會。」

「夢啊……」

「對不起，明明不知道妳不會作夢，還和妳嘮嘮叨叨一堆，哈。」我帶著歉意寫到。

「不，我想聽，而且我好希望，有一天我也能作夢。」

「咦？」

「這二十年來我在不同電腦中旅行，這不是我第一次看見人類文獻中提到『夢』這個字了，夢對你們人類而言一定是非常重要的東西，因為包括統治帝國的王，努力求生的市井小民，甚至是剛出生的嬰兒，都會作夢。」

「是耶，但我不知道夢到底對人類重不重要，但它確實已經跟人類的歷史，共存了數千年。」

「人類，真是一種有趣的生物，是你們創造了電腦，創造了數位語言，創造了網路，而我寄居其中，一日復一日的在網路世界中遊走。」

「人類，對妳而言，也許真的是有趣，不過妳看過人類真正的生活嗎？」

「人類真正的生活？」

「對，妳也許讀過上萬人的電腦資訊，瞭解那個人喜歡上什麼網路？買什麼特價品？報告寫得好不好？但，妳不曾真的見過人類每天所看到，所聽到，所說過的事物吧。」

「我有時候打開人類電腦上的視訊，去觀察人類房間的樣子，有時候也會看見人類的臉，但嚴格來說，我確實沒見過人類生活的完整樣貌。」

「那，妳想嘗試看看嗎？」

「咦？」

這一刻，我腦海浮現了一個點子，這點子可能有點令人吃驚，但絕對很好玩！

「如果妳想更瞭解人類，那請妳轉移到這個裝置，我將帶妳看看，真正人類的生活。」

「這個裝置？」

我從桌上拿起了那個裝置，黑色的，扁平的，有著六吋螢幕的物體，然後又拿起一條傳輸線，一方接在電腦上，一方則接入裝置的尾端。

當傳輸線接通了兩者，只聽到很細微的咚的一聲。

彷彿是巴士到了站，打開了它的電動閥門，靜靜等待願意上車的旅客。

「對，這裝置就是我的手機。」我興奮寫下。「我將打開手機的視訊鏡頭，並帶著它出門走走……親愛的 Molly，想跟我一起來嗎？」

這一次，我沒有等到一秒鐘。

沒有等到上萬位元的處理時間。

我就看見了她的回答。

「要！！！！」

☆★☆

登的一聲，我拔下傳輸線，穿上薄外套，走下宿舍。

我沿著街道走著，此時是晚上八點，街上仍然明亮，人潮仍在，情侶挽著手，大人牽著小孩，餐廳的燈光亮著，路邊攤兩三個人排隊著，我一邊走著，一邊對著手機中的 Molly 解釋著。

「這是人類世界的街道，人類為了生活方便，會出現聚集的特性，一到晚上，大家就會紛紛出來覓食，有時候是自己吃，有時候買給家人吃，有時候吃飽了，會順手帶一杯飲料回家。」

「這是人類進食的時候嗎？」 Molly 的聲音，透過手機的電子音合成傳遞到我的耳機裡，很有趣，真的是女孩的聲音。

「不只是進食而已，晚上的這個時候，是我最喜歡的時光，辛苦了一整天，回到家中小小休息後，帶著愉悅的心情來到這裡，買晚餐，帶點小零嘴，到處晃晃。妳看，此刻走在這條路上的人們，多數的心情和我相同。」

「你怎麼知道，他們的心情和你相同？」

「這是一個好問題，我想是一種氛圍吧，前面那個爸爸牽著女兒，女兒嘰哩咕嚕講著學校發生的事，爸爸雖然沒說話卻專心聽著，還有那對正在排隊的情侶，兩人雙手緊握，在耳邊呢噥私語，還有前面幾個年輕人，拿著飲料在開心大笑著。」我說。「這就是氛圍，不用言語明說，就是一種氛圍。」

「氛圍……」

「人類啊，從千年前的農業開始，就是以白天工作為主的方式生活著，所以到了晚上，人們從忙碌辛苦的工作中解脫，得到了短暫的休息，就自然出現這樣的氛圍。」

「我們旅行者，沒有白天工作的習慣，所以不理解為何到了晚上，人類會變得輕鬆。」Molly 的聲音雖然帶著電子音的僵硬，卻多了幾分溫柔，**「但我喜歡此刻的人類。」**

「喜歡？」

「牽著女兒手的爸爸，四個朋友在路邊笑著聊天，情侶互相低喃，此刻的人類和我在電腦中遇到的人類不太一樣，我喜歡此刻的人類。」

「呵呵，我也是。」

就這樣，我帶著手機，打開了視訊鏡頭，耳中掛著耳機，一邊在街道散步著，一邊和 Molly 介紹眼前關於人類的世界。

這是秋天時分，天氣微涼，來來往往稀疏的人們，明亮的街燈，疲倦但輕鬆的人們，我和 Molly 不斷的說著話，聊著天。

聊著人類，也聊著旅行者的程式，也聊著夜空的月亮，街角的小貓，鄰近的公園，蒼綠的樹木，不知不覺，已經到了九點半。

九點半，路上的人們已經明顯變少，幾個專做晚餐的店家也紛紛拉下鐵門，只剩下寥寥數家專門供應宵夜的商店，還燈火通明的等待下一波人潮，那是大夜班的歸人們。

選在這時，我和 Molly 一起踏上了歸途。

回到了宿舍，我將手機傳輸線插回電腦，讓 Molly 回到更寬闊的電腦中休息，我也拿著盥洗用具去洗澡。

當我洗完了澡，吹完了頭髮，回到電腦前時，我赫然發現，螢幕上留著一句話。

「阿海，今晚很開心，謝謝你。」

我看著這句簡單的留言，嘴角揚起，我和妳一樣，今晚也很開心喔。

☆★☆

第二天，一早我打開電腦，發現 Molly 並未留言，猜測昨晚人類街道的旅行，對她而言是龐大無比的資料量，也許還要睡一陣子，我就出門上班了。

抵達了公司，可以感覺到氣氛與昨日相同，雅君學姊又被處長找進了辦公室長談，出來時她的眉頭皺得更深了，而受到雅君學姊的影響，今天設計部門的所有工程師話也少了，大家就是低頭工作。

當然，裡面還是有例外。

那就是對周圍空氣敏感度幾乎是零，有著千年古木般粗神經的男人，阿凱。

他還是照樣在畫圖室大呼小叫，嘻嘻哈哈。到了下午時，他還給我看了一段影片。看影片時，他還不斷地罵著髒話。

「阿海你看看，這樣過不過分！真是混帳！怎麼有人這樣虐待動物啊！」

我看著影片，影片本身真的很令人髮指，就是一個少年對著小貓做出各種虐待的動作，影片背景還不時傳出笑聲，彷彿將這一切都當成遊戲。

只是這少年的臉從頭到尾都上了馬賽克，加上他施虐的背景很單純，就是一片黃色牆壁，讓人很難辨別少年是誰？以及位置所在何處？

「這樣的人還跟他客氣什麼？」我也怒了，「報警啊，動保協會啊，或者是直接去youtube 總公司檢舉，讓他的影片下架！」

「你以為沒有嗎？這些事都做了啊。」阿凱和我一樣氣憤填膺。「因為這人很狡猾，就算被檢舉而禁止了帳號，過一陣子他又換了新的帳號繼續放影片，動保團體也很生氣，也報了警，但因為他拍攝時都很小心，完全沒有留下蛛絲馬跡，所以很難抓到這個壞蛋。」

「那，那借助網路的力量呢？」我說，「網路肉搜，把他搜出來。」

「其實我們已經開始肉搜了！決定讓你加入肉搜的行列！」阿凱說，「我問問你，這人的笑聲和影片的內容，你有沒有想到什麼？」

「想到什麼……」我想了一下，搖了搖頭，「這傢伙很狡猾啊，你看影片上既沒有露臉，背景也簡單到沒有任何訊息，我實在很難聯想到誰？」

「對，這傢伙真的很狡猾，沒關係，我們就繼續肉搜，總會有人找出辦法的！」

「嗯！加油！」

看著他，我不禁想，啊，神經有如千年古木般粗壯的他，竟然對虐待動物如此氣憤，不愧是我的老友。

☆★☆

當我下班回到家裡，打開電腦準備和 Molly 聊天時，就先看到了阿凱的訊息。訊息上，是一張哭臉的符號。

「阿海，還沒抓到這混蛋。」阿凱說。「他變換了幾個帳號，加上影片拍攝的很小心，沒有留下什麼線索，人海肉搜都奈何不了他啊。」

肉搜都對付不了他啊，還是要讓更高段的好手出馬了嗎？我坐在電腦前，吐出一口氣。

這時，筆記本上跳出了訊息，是 Molly 在找我了。

「Hi 阿海 你下班了？」

「我下班了。」我回訊息。「今天想和昨天一樣，去外面走走嗎？」

「想。」

「不過，在那之前，可以請妳幫一個忙嗎？」

「？」

「我給妳看幾個影片，妳能找出拍攝影片的人是誰嗎？」

「可以試試，不一定能找到人，但也許能找到從哪一台電腦上傳的。」

「這就夠了。」於是，我將阿凱給我的網址，貼上了筆記本。

「瞭解。」Molly 只淡淡回我兩個字，就此暫時消失了。

而我則是看著螢幕，等待著我所認識這位悠遊於網路世界的旅行者，帶回任何可能的消息。

等待的過程裡，我又收到了幾個訊息，其中主要是阿凱，他繼續嘮叨著可惡的虐貓者，而我也是有一搭沒一搭的安慰著他，不過在這些訊息中，倒是夾著一個比較少見的訊息。

寄件者，是 Argus。

【嗨，阿海，你有收到阿凱寄來的虐待動物網址嗎？】

「有啊，很令人生氣呢。」我回到。「我看阿凱已經加入了人肉搜索的行列，要把那個混蛋找出來。」

【人肉搜索……機會可能不大吧。】

「喔？為什麼？」我一呆，雖然我剛已經得到阿凱的哭臉，人肉搜索幾乎失敗，但我好奇 Argus 是如何推敲出來的。

【因為這個人非常小心，影片中沒有留下任何蛛絲馬跡，而且會更換帳號迴避追蹤，我猜他的手段可能不止於此。】

「手段不止於此……」我正感到好奇，忽然，電腦的筆記本程式從底下的工具列中跳了出來，是 Molly 帶回了新的訊息。

「上傳的電腦找到了，每一則影片都不一樣，而且都是公共的ＩＰ，表示他是在公共電腦傳的。」Molly 寫到。

「公共電腦？」

「像是其中一台電腦，被人類登記的地點是高鐵站，另一台是圖書館，還有兩台是網咖，但並不是同一家網咖。」Molly 寫到。

「所以他故意不使用自己的電腦，而且不斷換據點？」我咬著牙，忽然瞭解 Argus 所講的，他還有不同手段的意思。「以避免自己被追蹤上。」

「那我該怎麼找他？」 Molly 訊息中的最後那個「？」，此刻不斷閃爍著。

我沉思著，對，對方刻意不用自己的電腦上傳影片，甚至小心翼翼地找公共電腦上傳，真的是狡猾。

我該怎麼辦？

同時間，Argus 又傳來訊息，**【阿海，所謂還有其他手段……就是他會掩護自己的身分，避免自己曝光，也許對這混球而言，虐待動物只是一種挑戰書，他真正想玩的遊戲，是看看自己會不會被網路的人抓到？】**

只是想知道自己會不會被網路的人抓到？我苦笑，這人真的有病啊！

我打起精神，在筆記本上寫到，「Molly，把他曾經上傳的電腦位置給我，我想在人類的地圖上標記出來。」

「可以。」

下一秒，我看見筆記本上出現了六個座標，而我同時也打開了 Google 地圖，將每個座標的位置給標記上去。

我希望這六個座標，至少可以縮小這混蛋的範圍……只是，結果卻讓我失望了。

「桃園，台北，新竹，還有台南？」我感到血氣上湧。「這混蛋竟然跑遍全台灣去公共電腦上上傳影片？」

「阿海，有幫助嗎？」

「Molly，抱歉，沒有。」我搖頭，這時手機上又跳出 Argus 的訊息。

【阿海，但任何混球都會留下破綻，每個影片應該都會存在共通點，例如拍攝的地點，相似的笑聲，或是什麼……只要找到共通點，通常就能破解對手的蹤跡。】

「Argus，感覺上你很專業。」我拿起手機，在手機螢幕上寫字。「呵呵，你不會是箇中好手吧？」

【嘻嘻，我只是有興趣而已。】

我拿著手機，正要回訊息，忽然動作停住，手機……

如果要列出現代人的共通點是什麼，手機可能是其中一項。

那位虐貓的混蛋，每次拍攝影片都會用手機，而手機會在他的影片中扮演什麼角色？答案顯而易見。

錄影。

我手指快速在鍵盤上打字，每個字更回應我內心的激動，快速地跳上了白色的筆記本上。

「Molly，妳可以進入每個影片的後台程式嗎？妳能判定他們是同一個機器拍攝的嗎？那機器是手機嗎？」

「我試試。」

這個動作並沒有花去 Molly 太多時間，三十秒後，她的回訊就出來了。

「對，每個影片的解析度都一模一樣，隱藏的檔名也一樣，都是同一台手機拍攝的。」

「那妳能找到那一台手機嗎？」

「呵。」

「為什麼笑？」我問。

『當然沒問題，因為，我可是旅行者呢。』

下一秒，我就在筆記本上看見了那一台手機的型號，尺寸，出廠日期，甚至是現在登記的擁有者。

手機的資訊，在我面前完整揭露。

「Molly 妳真的厲害！」我不禁讚嘆。

「手機其實算是很好入侵的，因為每個手機都被原廠放置了後門程式，對我而言，只要打開後門，門後的風景就一覽無遺了，阿海，接下來呢？」

「如果按照 Argus 的說法，這個虐貓的混蛋，其實只是要和大家玩貓抓老鼠的遊戲，」我臉上露出淺淺微笑。「那我們接下來只要做一件事。」

「什麼事？」

「讓他知道，貓的獠牙，早就在老鼠的頭上徘徊了。」

「嗯？」

「Molly，妳能控制他的手機吧？那今天晚上，妳來做這件事……」

「這件事……」

「妳會介意嗎？」

「當然不會。」Molly 的回應彷彿帶著笑聲。「感覺很好玩呢。」

☆★☆

這一晚，當我們完成了這件事，我便帶著手機，裡面當然有著 Molly，再次進行每晚我們最愛的行程，散步。

而這次稍有不同的，是我特別騎上了 U-bike。

有了鐵馬代步，速度更快，能夠抵達的地方也更遠，我繞到了附近的河岸，在微涼的風中自在騎著腳踏車，口中則是和 Molly 不間斷地聊天。

「Molly，這是我們附近最大的一條河岸，到了晚上，很多人會出來運動和散步。」

「我知道，這是人類的河流，人類所有的文明都是從河流開始的。」

「是啊，雖然現在人類有完善的水利系統，不需要一定在河邊生活，但很奇妙的是，我們還是很喜歡河流，走在乾淨的河水旁邊，會有一種舒適寧靜的感覺。」

「舒適寧靜的感覺……」

「也許，人類體內的基因，比想像中更念舊也不一定，因為我們想念海，想念母親的羊水。」

「嘻嘻，阿海，你的比喻真有趣。」

「有趣？」透過耳機，我再次聽到了 Molly 的笑聲，雖然是手機的電子音合成，但此刻涼涼的夜風下，卻是如銀鈴般悅耳。

「是啊，有趣，這是我很少使用的詞彙，但我想應該就是這樣的感覺，你的說法讓我感到充滿新奇，而且仔細分析你的話語，會發現它其實存在著一種不太對勁的邏輯，是不是你們說的歪理？然後我就忍不住就會笑了出來。」

「Molly，妳剛剛說的話，有點像人類呢。」

「真的嗎？」

「嗯，也許創造妳的人，也是我們人類的始祖，又或者，也是一個人類。」我說，「才會讓妳也隱藏了人類的特質……不，不能說隱藏，該怎麼說呢？」

「基因嗎？」

「啊，對，就是這兩個字。」我感到驚喜，「妳體內的程式，好像有人類的基因。」

「我喜歡這樣的說法。」Molly 說，**「也許有一天，有著人類基因的我，也能夠作夢？」**

「一定會有那麼一天的。」

「嗯。」

這一晚，我就這樣帶著 Molly，騎著腳踏車繞了數公里的河濱路線，說著河流的故事，星空的故事，人們的故事，也聽著 Molly 偶而訴說的網路探險，然後約莫九點回到家。

一路上我為了不想與 Molly 的相處被打擾，將手機所有的訊息都關閉，而當我回到家，洗完澡，重新開啟手機正常模式時……

嚇！這麼多訊息？

二十一則。

裡面大多是老友阿凱傳的。

這傢伙真的是需要一個女友了，怎麼可以閒到一直發訊息給我呢？

【阿海！你知道嗎？關於虐貓那混蛋的事件，有了新的進展！】阿凱的訊息可見他的興奮。

【有人說他去自首了！他把所有的影片刪除！寫了一個公開道歉！】

【不只如此，他還去警局自首，還說要捐錢給動保團體，有人說他的樣了是嚇壞了！】

看到這裡，我忍不住微笑了。

他當然嚇壞了，因為我請 Molly 在他的手機裡面，留下了一段聲音，就是這段聲音，讓這混蛋感到害怕吧！

【阿海，聽說他還嚇哭了，說以後再也不敢了。】阿凱的訊息不斷從我手機畫面跳出來。

【大家都在猜發生了什麼事？一定是天公伯開眼，用閃電把那混蛋的腦門劈了一個洞吧。】

【等等，有人匿名留言說，因為虐貓者的行蹤被識破了，而且，還有人駭進了這混蛋的手機裡！】

【匿名者還說，這位駭客功夫超絕，雖然不知道他怎麼做到的，但這麼短的時間內能找到這個人，並駭入他的手機，這位駭客是特A級的好手。】

【等等，精彩的來了，那匿名者還說，頂尖駭客在手機中留的，是一段聲音……】

我繼續滑著手機的螢幕。

「限你今天晚上十二點以前自首，不然，我等將替這些貓咪復仇，你怎麼虐貓的，我就會怎麼虐你，喵。」

【聽說最後一段喵的聲音，非常的驚悚，聽起來就像是憤怒的貓在哭號，也像是貓咬死老鼠時最後的笑聲，嚇得那個虐貓人當場衝去警局自首。】

【恐怖的不只如此，那個駭客把這段聲音設定成循環播放，也就是永遠關不掉，所以虐貓者是一邊哭一邊聽著留言，再衝去警局的。】

沒錯，這就是我和 Molly 合作的，我請 Molly 找到一段貓叫聲，然後駭入虐貓者的手機，設定循環播放，就是要警告那個虐貓者。

果然，虐貓者因為夜路走多了，聽到這哭吼不斷的貓叫聲，怕到自己去警察局自首了。

「Molly，我們任務成功了。」我開心的對 Molly 說。「我們抓到虐貓者，而且給了他懲罰。」

只是，Molly 卻遲疑了數秒，才回應了我的話。

「有高手。」

「高手？」

「一定也有人駭進了虐貓者手機，不然他怎知道我們做的事？」

對，我們做的事情被完整記錄，表示在虐貓者的手機中，存在著另外一雙眼睛——那是另外一個駭客。

「網路世界，高手如雲啊。」

「上次KZ網頁爭奪戰中，令我印象深刻的好手，那個白帽駭客。如果是他，有可能也用相同的方法進入虐貓者手機。」

「那他有發現妳嗎？」

「沒有。」Molly 說。「我很小心，若他追蹤上我，我會發現。」

網路的世界，果然無比浩瀚，而且這人功夫高絕，一定也是頂級駭客，只是他的速度較 Molly 慢了些，不，不能這樣說，應該說人類再怎麼厲害，在一對一的狀況都不可能超越 Molly。

因為她是旅行者，她是居住在網路電腦世界的人。

「網路世界深如大海，總而言之，我們還是小心點，但值得高興的是我們確實抓到了虐貓者。」我跟她說。

「好。」

而這時，我手機上跳出了阿凱的最後一個訊息。

【太棒了，這真是一個很爽的晚上，這麼爽明天又是星期五，我決定喝兩罐啤酒慶祝一下。】

還喝酒勒，就算明天是星期五，也還是要上班好嗎？

二十多則訊息就這樣到了尾聲，裡面還有一些阿凱個人歡呼尖叫的聲音，我就不再管他了。

但，當我訊息讀到最後，正準備連上電腦，和 Molly 說晚安時，一則最後跳出的訊息，卻完全吸住了我的目光。

這則訊息的發送者，不是已經喝著酒精唱唱跳跳的阿凱，而是另一個朋友。

未曾謀面，但卻熟識多時的朋友，Argus。

【今晚，是你駭進了虐貓者的手機吧？阿海。】

「我駭進虐貓者手機？什麼意思？」我吃了好大一驚，Argus 是怎麼猜到這件事和我有關的？

【直覺。】

看到直覺兩字，我先是鬆了一口氣，但隨即又開始佩服 Argus 直覺，實在精準的恐怖。

「我沒有駭入虐貓者的手機，不是我，因為我完全沒有駭客的技術。」其實我也沒有說錯，有能力在網路潛行能力的人不是我，而是 Molly。

【嗯。】Argus 在對面沉默了數秒，【你確實不像。】

「對嘛。」

【但，我還是覺得，這件事和你有關。】

「不能只靠直覺啊，先生。」我回了一個笑臉，「好歹我們都是學工程科學的。」

【先生……】

「怎麼？」我問。

【沒事。】Argus 沉默了一下。【雖然我們學的是工程，但有時候直覺卻是很重要的。】

「嗯……」我想了一下，我不能否認這一點，因為我是做設計的，令人驚奇的設計圖面，往往像是靈光一閃，就像是神仙在雲朵上，拿靈感之石朝你腦袋扔下去。你的腦袋因此開了竅，就像是一種直覺。

【不過今晚挺有趣的。】Argus 說，【至少那個虐貓者自首了，晚安啊，阿海。】

「對，今晚不錯，正義得到了伸張，晚安，Argus。」我伸了一個懶腰，打了一個大哈欠，同時目光移向了螢幕，此時，今晚 Molly 的最後一個訊息跳了出來。

「阿海，晚安。」

「晚安。」我微笑，Molly 不知道從何時開始，也和我一樣，會說聲晚安了。

於是，我關閉電腦，跳上床，閉起雙眼。

今晚，虐貓者受到了處罰，肯定會是一夜好眠。

☆★☆

第二天，我來到公司，走進繪圖室，就聽到裡面傳來嘻嘻哈哈的喧鬧聲。

幾個工程師，正圍著阿凱，東一句西一句追問著昨天晚上的細節。

「你說那個虐貓者哭了？」

「那影片太經典了，那聲貓叫真的很恐怖嗎？」

「我覺得這個駭客真的是天才，竟然可以駭入虐貓者的手機？」

阿凱一樣浮誇地描述著昨晚的狀況，尤其是那聲貓叫，我不記得我有用什麼憤怒可怕的貓叫啊，我只是從網路上下載一段普通無比的貓叫聲，然後請 Molly 一起存放到虐貓者的手機裡而已。

但，這聲恐怖貓叫片段似乎成為了整個故事的最高潮，在阿凱浮誇且精彩如神的描述下，聽得工程師們是如癡如醉。

深夜裡，當虐貓者準備熄燈睡覺，手機突然不受控制的自己亮起，然後傳來尖銳、冷漠、有如鬼魂般的聲音。

喵！

虐貓者緊急起身，抓起手機，聽到了那段要他自首的留言。

他恐懼，慌張，害怕，想要關掉手機，手機卻完全停不下來，發出了第二聲尖銳的「喵」。

他驚恐想把手機強制關機，卻關不起來，喵聲越來越大，越來越尖銳，越來越像每一隻他曾經虐待過的貓，化身為淒厲的鬼魂，在房間內尖叫。

於是虐貓者崩潰了，依照留言囑咐，在網路上道了歉，更衝去警局自首。

當他到達警局，把自己一切惡行全盤托出，貓叫聲不知不覺間也停了。

就連警察也感到疑惑，這連綿不絕的貓叫聲，是不是虐貓者自己的幻聽？而虐貓者則堅持不是，全身發抖的說著：「真的不是。」

網路上用一種以訛傳訛的方式，不斷把這段故事誇大、變形、扭曲，最後網路鄉民給了這位神秘駭客一個名字。

喵喵人。

坦白說，我不討厭這個綽號，還挺可愛的，還帶了一點台味。

我甚至把這綽號用手機傳給了 Molly，而她已經甦醒，在電腦上看到我傳出去的留言，她的回應很有趣。

「喵喵人？」

「是說我們像貓一樣。」我寫到。「有點神秘，能在黑暗中前進，而且帶著一點台味。」

「描述不明確，台味？」

「台味就是……很通俗，不做作，認真的作自己，哈。」

「通俗，不做作，認真做自己，我喜歡。」

「我也是。」

當時，繪圖室正處在一個歡愉的氣氛，而我也一邊和 Molly 傳著訊息，一邊悠閒整理報告時……

雅君學姊進來了。

有鑑於最近雅君學姊暴躁的情緒，我們瞬間安靜了下來。

然後，只見她來到我的面前，嘆了口氣，似乎下了某種決定。「你來我辦公室一下，阿海，有事和你說。」

☆★☆

被雅君學姊單獨約談，這五六年來絕對不是第一次。但這次的氣氛有點怪，於是我深呼吸了兩口氣，才敲了敲她辦公室的玻璃門，走入其中。

「門關上。」雅君學姊淡淡地說。

我依言將門關上。

「阿海，你看看這份資料。」雅君學姊從桌上拿了一張紙，遞給了我。

「嗯。」我接過這張紙的同時，眼睛已經開始端詳紙上的資料。

無庸置疑，這是一張設計圖。

這正八角形的物體，疊構共分成十二層，每一層都標上了厚度，從一公釐到幾微米都有，最上和最下層明顯就是保護結構，以非常強大的塑膠殼體護住，然後設計了數十個獨特的散熱孔。

中間十層，則散布著電路，光學膜，特殊折射層，緩衝材等……

而中間十層的細部結構，在這張紙只有A４大小的資料紙上，並無詳述，但隱隱可猜到其結構複雜，甚至充滿了許多設計的巧思。

不過，就算看過了十二層的設計圖，坦白說我遇到最大的問題是，我並不知道這是什麼東西！

對，就算我在公司這麼長的時間，跟著雅君學姊設計過各式各樣的產品，但這個東西，我就是看不懂。

每一層結構我都能猜出目的，但合起來之後，竟讓我完全糊塗了。

「看你的表情，我就知道，你不知道這東西是什麼？對吧？」

「確實不知道。」我雙眼緊盯著眼前這個有如飛盤大小的八角形物體，十二層結構中有獨特的光學層別，也有專屬電路的層別，更用上強而有力的上下保護層，保護層中更有如迷宮般錯落的散熱孔洞，到底是什麼東西，需要同時具備這麼多極端的特性。

「不猜猜看？」

「這麼強力的保護裝置，表示這東西有可能遇到巨大碰撞，所以不是家電或是人類的隨身物品，而是用在高速移動的物體內，例如汽車，高速鐵路，甚至是飛行器。」

「不錯喔，猜對一部分。」

「有這麼多的複雜電路，表示它可能是某個東西的核心載體，像是電腦的ＣＰＵ，或是電動車中的控制中心，但接下來又說不通了，如果是電腦的ＣＰＵ，為什麼需要具備這麼精密的光學結構？」

「說到重點了，就是因為這東西，讓我煩惱了好多天，如今我終於有個人可以一起承擔了。」雅君學姊微笑。「這東西的電路已經夠精密，為什麼還要同等級的光學組織，現今什麼科技產品要同時用到最好的電路和最強的光學？」

「現今科技哪一種要用到最佳的電路和最佳的光學？有個很簡單的答案，叫做『智慧型手機』。」我也嘗試笑著回應：「能夠處理這麼多的資訊和拍攝出這麼漂亮的照片，就是光與電的完美組合，不過雅君學姊給我看的這東西比飛盤還大，應該不會是手機的核心吧？」

「對，當然不會是智慧型手機的核心。」雅君學姊繼續微笑著，「還好你沒有回答手機，不然我就會用手上這本電路學的書，來敲你的頭。」

「能承受高速，有電，又有光。」我原本閉著的雙眼，突然睜開。「難道是……」

「難道是什麼？」

「是……外星人的科技！」

砰。

這一次，我真的被雅君學姊拿那本厚厚的電路學，敲了頭一下。

「認真一點好嗎？不要吃到阿凱的口水了。」

「不，我是認真的喔。」我摸了摸額頭，雅君學姊的下手其實很輕，一點都不痛。「這不是外星人，但卻是屬於『太空的科技』，對吧。」

「喔？」雅君學姊的眼睛亮了起來。「然後呢？」

「處於高速狀態，需要散熱，除了地面的高速鐵路之外，還有二十四小時包圍著地球飛行的那些傢伙啊，它們需要強大的電路無庸置疑，至於光……」我拿著這張A4紙，「這樣的光路設計，不斷反覆激盪下創造出高能的光體，這是雷射吧。」

「喔，不錯喔，這張紙訊息這麼少，都可以給你猜到這裡，然後呢？」

「這些在空中飛來飛去的東西，若要傳輸資料，又要不被攔截，最有效率的方式不會是電波，當然也無法架設光纖網路，所以肯定要用上雷射傳輸。」我說：「換句話說，這東西還要負責非常巨大且精準的資料傳輸，所以它的本體是……」

「是什麼？」

「是……」我吸了一口氣，吐出了兩個字。「衛星。」

「賓果。」雅君學姊笑了。「對，這就是人造衛星。」

「但我不懂了，衛星算是國防工業的一環吧，對世界各國而言，都是受到機密保護的工業，我們這間私人企業怎麼會扯上衛星？」

「是嗎？你最近沒看新聞嗎？衛星的工業現在已非國防專屬囉。」

「衛星已非國防專屬？啊。」這時我懂了。「妳是說星鍊計畫中的……低空衛星！」

「對，就是星鍊計畫的低空衛星，簡稱ＬＥＯ。」雅君學姊露出笑容，雖然她年紀已經三十好幾，此刻燦爛的笑容卻如同少女般可愛。「以數萬枚價格較低、結構較簡單的低空衛星射上天空，並使其繞著地球旋轉，透過這些低空衛星，打造出來自天空的網路，從此網路不再受限於一條條的海底電纜，達到地球各地都能上網的極致夢想。」

「對，就算是戈壁沙漠的中央，南極大陸的極光之下，赤道雨林的森林深處，都可以擁有超高速網路，有超速網路就可以擺設機器人並進行遙控，可以建造探索基地，到了此時此刻，人類才算是真正擁有了整個地球表面的控制權。」我接口道：「這就是星鍊計畫。」

「而星鍊計畫如此浩大，數十萬枚衛星要從地面發射，環繞地球而行，全世界的科技產業都投入了其中。」雅君學姊拿起了這張Ａ４設計圖，在我眼中，這張Ａ４紙彷彿發出燦爛光芒。「我們也是其中之一。」

「所以我們要做星鍊計畫？」我語氣興奮。

「是的，目前我們將參與這裡面部分的電路和光學設計，已經通過第一階段審核。」雅君學姊笑說：「目前將取得第二部分的設計概念，這可是重大機密，並進行第二階段。」

「哇。」我現在懂，為什麼向來自信的雅君學姊，這段時日老是眉頭深鎖了。

她正代表我們公司，參與星鍊計畫的第一階段審核。

而她竟然屌到爆炸的通過了審核！

「第二階段，我們將更實質的拿到設計圖面，也是非常機密的資料，但是到這一階段，我已經無法獨力完成，所以我決定找你和幾個工程師一起加入，組成一個團隊。」雅君學姊說：「但這一切都是保密的，ＯＫ？」

「沒問題！」我超級興奮。「那我們還要找誰？阿凱？」

「他的部分我會再想一下，但我肯定會找你。」雅君學姊起身，「所以你決定要參加了？」

「當然！」我大聲回答。

當然，我要參加這個星鍊計畫，這個將網路送上天空，並遍布地球表面的巨大計劃。

而當網路已經無所不在，那是不是表示……Molly 這個旅行者的探訪足跡將更加寬闊，雖然這是秘密，但我真的好想好想告訴她喔。

☆★☆

「星鍊計畫？」Molly 的聲音從我的手機中傳了出來。

此刻，我正帶著手機，騎著 U-bike，沿著河堤，吹著夜風，開心的與 Molly 聊著天。

「對啊，很酷吧。」我的雙腳一邊踩著踏板，一邊說著話，幸好現代人拿著手機聊天並不罕見，只不過差別是他們講話的對象是真人，而我講話的對象則是一個程式，旅行者。

「換句話說，我的旅行點，會從地面的光纖網路，直接飛到天空上。」Molly 的聲音帶著訝異。

「對，妳可以俯瞰整個地球，而且過去網路無法抵達的沙漠、海洋中心、雨林上空，都有了網路，只要有天空的地方，就會有網路了。」

「真的很像……」

「很像什麼？」我感到疑惑，Molly 要做什麼比喻？

「很像魔法喔。」

「魔法？」

「我在人類古老文獻中，經常讀到這兩個字，古老的世界，有一個神秘的職業叫魔法師，魔法師透過施展魔法，展現一般人類無法達到的能力。」Molly 說著：「人類對魔法有種幾乎崇拜的情感，而現在星鍊計畫，就好像一場浩瀚的魔法施展。」

「魔法……Molly 妳的比喻真是有趣，但，好像就是這樣……」我細細咀嚼著 Molly 所說的話。「科技這兩個字，就好像是現在人類的魔法，我們對科技的著迷，就像是對魔法的崇拜。」

「不過，魔法在文獻中逐漸消失了，人類似乎也開始害怕起它，因為它的力量，人類逐漸無法駕馭了嗎？」

「無法駕馭？」我聽得心臟跳了兩下。「沒這回事啦，人類只是發現魔法是一種迷信，不，應該說古老的魔法，像是所謂的魔藥，後來證明就是一種特殊金屬元素的化學反應，後來科學家們還自己編出元素表，魔法的真相被破解了，自然就消失了啊。」

「是這樣嗎？」

「對，就是這樣。」

雖然話題到此結束，但坦白說，Molly 那句「無法駕馭」，確實有打到我的心。人類把數十萬顆衛星送上天空，等於完全統治了地球外層的天空領地，這件事真的是安全的嗎？

我和 Molly 繞了河堤騎了約莫一個小時的車，邊騎車邊聊天，不過畢竟我平常是較少運動的宅男，這一小時下來，也騎得我背部滲汗。

因為流汗，所以渴了，當我停好 U-bike，便走到附近的飲料店，點了一杯涼飲。

「這是什麼？飲料？」這時，我耳中傳來 Molly 的聲音。

「是啊，剛運動完會想喝點冰涼的飲料。」我把手機的鏡頭對準了飲料店牆上的菜單，讓 Molly 瞧個仔細。「人類體內有百分之七十以上都是水，所以不能缺水。」

「水？我剛剛分析了這些飲料，什麼凍檸紅茶，珍珠奶茶，雖然主體是水分，但裡面含了更多人體不需要的成分，像是過高的糖分，能產生香氣卻沒有營養功效的化學

式，或是含菌量過高的冰塊……」

「等等……等等……可以先不要分析嗎？」我舉雙手投降。

「咦？」

「這些糖分，這些冰塊，這些看似廢物的化學式，雖然沒有辦法給我身體什麼養分，但它們給了我一個最重要的東西。」

「什麼東西？」

「爽度。」

「爽度？」

我從店員手中接過飲料，用手插入了吸管，然後嘴巴靠近，用力吸吮的瞬間，冰涼的糖水灌滿了我的口腔。

「剛運動完，喝下飲料的瞬間，這就是爽度。」

「爽度，會讓人類身體衰弱。」Molly 嘆了一口氣。**「你的腎臟接下來會需要更多時間，處理這些無用的化合物。」**

「爽度，會讓腦袋開心。」我笑著說：「下次我就更有動力去運動。」

「人類真是莫名其妙的生物。」

「嘿，妳才知道。」不過，當我拿著飲料，就要轉身離開時，忽然停下腳步。

旅行者

『怎麼停下了？』

「啊，」我的眉頭深深皺起。「前面有流氓在欺負人。」

「流氓？」

「也就是人類中的廢物。」我小聲回答。

只見那個穿著花襯衫，全身散發著濃烈酒氣的男人，搖搖晃晃走著，然後停在路邊一個販賣刮刮樂的身障人士面前，隨手拿起一張刮刮樂。

「保證中獎？」那流氓醉眼惺忪的說。

「大……大哥，沒有保證中獎這件事。」那位身障朋友臉上帶著懼意，「中獎是一種機率……」

「不要跟我講機率！講這種高深的話誰聽的懂？賣東西就是要保證中獎，懂嗎？」那地痞流氓拿起一張刮刮樂，拿起十元銅板，也沒付錢就刮了起來。

刮了幾筆，顯然沒有中，他扔到身障朋友的輪椅上，又拿了另外一張開始刮。

「您，您還沒付錢。」

「沒有中獎啊！沒有中獎怎麼叫我付錢？你是黑店？蛤？」那流氓把臉湊近了身障朋友，滿口酒氣。

「刮刮樂本來就是機率……」身障朋友快哭了。

「還多嘴！」那流氓大吼。

圍觀的人逐漸增多，幾個人已經悄悄拿起手機，準備要報警。

同時間這個流氓突然抬頭，目光狠戾，瞪著幾個拿手機的男女，「你拿手機要幹嘛？」

那些人被嚇到，按手機的動作立刻停止了。

「老子知道你們要什麼手段，想報警，我打到你滿地找牙。」流氓醉得口齒不清，但恐嚇他人的模樣依然恐怖，這些男女有的立刻把手機收起來，有的則轉身就走，不想惹事上身。

「大爺，我真的沒錢，這些刮刮樂每一張都是成本……」身障朋友哀求著。

「放屁，老子就不相信刮不中。」流氓笑了幾聲，又抓起了一張刮刮樂。

就在我狠狠的瞪著那流氓時，我耳機中突然傳來了 Molly 的聲音。

「阿海，我發現你的心跳加速了，腎上腺素正在上升。」

「妳怎麼知道……啊，因為手機有健康監控程式，還連結到我的智慧手錶上。」我點頭。「因為我很生氣。」

「生氣？」

「是的，我對那個流氓生氣！」我咬著牙，「Molly，妳有辦法嗎？」

「問題不明確，辦法？」

「妳可以進去那流氓的手機嗎？」

「當然，這裡每個人都使用智慧型手機，每台手機都吃著基地台的訊號，對我而言，破解基地台的障壁一點都不難，順著訊號進入個人手機更是簡單無比。」Molly問：「需要我做什麼嗎？」

「妳進去他手機裡面。」我低聲指示。「控制他的手機，按下錄音鍵，然後，撥這支電話。」

「可以。」

下一秒，我感覺到我手機隱隱震動了一下，我知道Molly已經開始行動了。

這名喝醉的流氓，又撕了三張刮刮樂，金額一張兩百元，一張同樣是銘謝惠顧，而一旁的身障朋友怎麼哀求都沒用，滿身酒氣的流氓繼續予取予求。

正當流氓打算拿下一張刮刮樂，繼續他魚肉鄉里的惡行時……忽然，他的手機卡的一聲，接通了。

他發現古怪，皺著眉，從口袋拿起了手機。

只見手機已然接通，而且上頭的擴音鍵，已經被打開。

「誰啊？」流氓口齒不清的說。

「什麼誰？剛剛是你撥電話進來報案嗎？」只聽到電話那頭傳來年輕但沉穩的聲音。「我這裡是警察局。」

「報案？肖欸。」流氓張大嘴巴。「這是惡作劇吧，我怎麼會突然報案。」

當流氓皺眉掛上電話，將手機塞回口袋，準備拿下一張刮刮樂。

同時間，我聽到耳機中傳來 Molly 的聲音。

「阿海，接下來怎麼辦？」

「再打一次。」我低聲說。「順便把錄音檔寄給警察局。」

「沒問題。」

突然，手機又突然播出，卡的一聲，又接通了。

「喂。」警察那頭的聲音，已經顯得不太耐煩。「先生，你很閒喔，一直打我們派出所的電話。」

「我？我沒打啊，你娘的發神經啊！」流氓罵完，突然像想起什麼似地呆住，「啊，警察大人，我不是……我不是在罵你啦。」

等到流氓終於把電話掛斷，不到十秒，電話卻又再次自己撥出，卡的一聲，電話又通了。

這次，在 Molly 的運作下，當然電話又接到了派出所。

「警察大人，我手機壞了，我馬上關機。」流氓正要辯解，警察卻先說話了。

「不用了。」警察聲音冷漠而堅定。「我收到你寄來的錄音檔了，你虐待身障朋友是吧？你不要動，我馬上過去。」

「我……我……」只見這流氓呆呆地看著自己的手機螢幕。

此刻，手機像是有著自己的靈魂，它在完全沒有人的操作下，慢慢進入電話的頁面，然後一個數字一個數字的打上了，1，1，9。

不只如此，最後還移到了綠色的話筒圖示，按下，撥出。

「啊啊啊啊啊啊！」流氓放聲尖叫：「有鬼啊！」

下一秒，他扔掉手機，轉身就要跑。

但身障朋友急忙抓住他的手，「付錢。」

「付……」地痞流氓正猶豫間，忽然地上的手機，震動了兩下，然後以最大的音量發出了一聲。

「喵！」

這聲喵，在此刻氣氛已然詭異的晚上，更添一種幽遠神秘的氛圍，彷彿在黑暗的角落裡，確實有這麼一隻充滿魔力的巨貓，正凝視這個地痞流氓，還用貓舌舔了一下嘴唇，透露著牠的飢餓。

「啊啊啊，給你，通通給你，不要找了。」地痞流氓把口袋中皺得亂七八糟的幾張千元大鈔丟在身障朋友的輪椅桌上。

當身障朋友鬆開手，地痞流氓像得救般，一邊發出奇怪的叫聲，一邊跌跌撞撞的往街道另一頭跑去。

看見地痞流氓的糗態，聚集的人群交頭接耳，更不時傳來對他的訕笑聲，五六分鐘後，才慢慢散去。

不久後，轄區的員警騎著機車來了，他和身障朋友說了些話，並做了些筆錄。

而我呢？我拿著手機，面帶微笑，轉身回家。

「Molly，最後那一聲喵，是妳自己加的？」

「當然。」Molly 的聲音雖然是電子音，卻可以聽出其中的驕傲。**「我們可是喵喵人。」**

「Good Job。幹的好，喵喵人。」

「不客氣。」

今晚，喵喵人第二次出擊，合作愉快。

☆★☆

這晚當我回到家，洗完澡，重新坐回電腦前，就看到阿凱的訊息如海浪般淹沒了我的螢幕。

這傢伙真的該交個女友了，怎麼整天這麼閒啊。

【阿海，你知道喵喵人又出動了嗎？】

「喔？」這句話引起了我的興趣，忍不住把臉湊近，繼續讀著阿海那海量的訊息。

【這次不是對付虐貓者，是直接在馬路上，教訓地痞流氓！】

「啊，」我看著螢幕，忍不住想，所以那些圍觀者之中，有人把我和 Molly 今天做的事情，放到網路上宣揚嗎？

【之所以大家會覺得是喵喵人，主要是他在教訓完壞蛋之後，就會放上一聲喵叫，這喵叫超經典。】

我忍不住笑了，這一次，是 Molly 的惡作劇啦。

【很多地方都在討論喵喵人，連我們最常上的G16論壇，都有人特別開主題討論喵喵人，有人說喵喵人和G16論壇有點關係，因為虐貓者事件，就是這消息被放上G16論壇的時候，喵喵人才出手的。】

「嗯。」我看著螢幕，自言自語道：「分析得很精闢，不愧是鄉民。」

【還有人說喵喵人的身影更早之前已經現身，就在G16論壇與KZ黑帽駭客的對決裡，最後一個逆轉戰局，把KZ黑帽駭客全部驅除的好手，就是喵喵人。】

「真是太會猜了。」我笑著搖頭，跟著移動我的滑鼠，點開了G16的論壇。

裡面甚至新增了一個討論區，專門討論喵喵人的存在。

網路上有人說喵喵人是富有正義感的特級駭客，有人說可能是政府組織，有人說那只是巧合，也有人說喵喵人其實只是沽名釣譽之流……網路上有人頌讚有人謾罵有人推崇有人發表自以為是的論點，這就是網路文化，我早已習慣，所以看沒幾篇，很快就失去了興趣。

不過，正當我打了一個哈欠，準備要睡覺時……我發現了一個留言。

留言者叫做小伊，Eirene。

【給喵喵人，如果你真如網路所說的，那麼願意幫助別人，技術也這麼高明，你可以幫我打開我爺爺的電腦嗎？

我爺爺已經過世五年，如今我奶奶也罹患重病，她臨終前的願望，就是想知道爺爺電腦裡面留下什麼訊息？】

我看著這留言，愣了幾秒，沉思了半晌後，按下了私訊，也就是私下送信件給她。

「沒試過給外面電腦公司的人，採用暴力破解嗎？」

對方沒有回應。
我則是一陣睏意襲來，就爬上床睡覺了。

第七章　喵喵人與爺爺舊電腦

隔日是假日，這天我睡到了九點，刷牙洗臉時看了一下電腦，此時 Molly 已經起床。

「嗨，阿海，還在睡懶覺？懶覺是人類語詞用法，我學起來了，用得很好吧。」

Molly 感覺很開心。也許該說的是，這幾日的相處下來，她越來越會使用人類的詞彙，甚至透過我們的詞彙，已經能表達出人類的情感了。

「我在早上六點就起床，還繞了地球網路一圈了。我去了法國的網路，去看那邊的人們用網路傳遞食譜，做著五顏六色的甜點；我也去了南非一趟，那邊有人正上傳拍攝野生獅子的影片；我也去看了正在日本舉辦的圍棋大賽，那是電腦與人類的對奕，電腦選手的程式演算法是我看過最有趣的。」

「一早就這麼忙？」我坐到椅子上，開始回訊息給 Molly。

「阿海，我覺得很奇妙，自從認識你之後，我開始真正學習與人類相處的知識，才發現網路上許多原本對我而言平平淡淡的東西，變得有趣起來，我似乎瞭解這些資料為什麼珍貴，這些資訊為什麼能吸引人類。」Molly 說。

「妳在自我學習？」

「所謂的程式學習，原本就是透過嘗試，錯誤，學習，修改，然後再嘗試的無限迴圈。」Molly 說。「但因為有你，我展開了新的迴圈，透過實際與人類說話，感受人類的世界。」

「嗯，這樣好像不錯，我也覺得，妳越來越懂人類了。」

「是的，我喜歡這樣的感覺。」Molly 說到這又補上了一句。「事實上，我以前也不會用到『感覺』兩個字，當我開始嘗試使用這兩個字，才發現其實它能表達出非邏輯的情感，我很喜歡這樣的嘗試。」

「嗯，妳喜歡就好。」我微笑著，這時我發現信箱閃爍著，似乎有封新信件正在等待我打開。

「今天是人類的假日吧？阿海，你打算去哪？」

「今天確實是假日，妳想和我一起去兜風嗎？」其實在認識 Molly 之前，我週末多半待在家裡，不是玩G16，就是看動漫。

但這個週末，因為想到能和 Molly 一起出門，一邊和她聊天，一邊用她的視角看待這個世界，我就充滿了期待。

「想！」

「好，我們去看海好不好？」我看窗外一片陽光明媚，確實是適合看海的日子。

「海洋嗎？占了地球百分之七十的面積，更是孕育整個地球生物的溫暖搖籃，所有生物都是從海底誕生，更演化出後來的人類。」Molly 語氣透露著興奮：「我想去！」

「等等，看海的意思是，站在沙灘上看海洋，會看到沙灘上的生物，像是螃蟹或是寄居蟹，但不會潛到海裡面啦。」

「喔，原來如此，那也沒關係，我也只有從網路的照片看過海洋，我想真實地觀察會動，有潮汐，有生命的海。」

「嗯好，但我只有摩托車，我來查詢一下路線怎麼走喔。」我開始專注在地圖網頁上，而同時間，我又注意到了右下角那個信件提示。

「有信？」我順手點開了那封未讀訊息。

當我打開信，才發現這封信原來是昨天晚上留言的小伊寫的。

【嗨你好，我試著問過電腦公司的人，他們說這台電腦很老舊了，磁碟壞軌很多，加上有密碼鎖著，因為他們不想惹麻煩，所以不願意花力氣幫我，就算我出示證明說我是爺爺的親孫女也沒用。

但我真的很想打開這台電腦，因為我爺爺走的很突然，他是在一個秋天的晚上在睡夢中突然離世的，我記得生前最後一段日子，他一直叫我教他用電腦，怎麼網路搜尋，怎麼做東做西，坦白說，我當時覺得很不耐煩，爺爺都七十幾歲了，學這些要幹嘛？

但爺爺一直說，這是秘密，還叫我不要和奶奶說。

可是，就是因為爺爺突然離世，竟然就讓這秘密被完全鎖在這台老電腦裡了。

而真正讓我下定決心要解開秘密的原因，是爺爺過世後的一個月，我看見奶奶一個人，坐在電腦前，用手輕輕撫摸著鍵盤，像是在發呆，更像是在自言自語。

「老頭啊，你離開前整天坐在電腦前，忙東忙西，到底在忙些什麼？」

這時候，我才知道，其實奶奶也許知道，爺爺臨終前正在偷偷忙著什麼事情，她很聰明，安靜地等待著爺爺把答案揭曉。

只是令人悲傷的是，爺爺到最後卻沒有來得及把答案打開，就這樣走了。

過了幾年，我爸曾幾次提過要把電腦拿去丟掉，反正也打不開了，但奶奶卻堅持不可以丟，我猜，奶奶還是想知道爺爺臨終前的秘密。

又過了幾年，奶奶也生病了，她在醫院和家裡來來回回幾次，現在更直接住在醫院裡了。

在我記憶中，爺爺與奶奶他們之間的對話很少，他們總是這樣默默地一起吃早餐，一起吃午餐，一起吃晚餐，奶奶會發現爺爺的衣褲破了替他補好，爺爺如果去外面買了什麼吃的，都不會忘記奶奶一份。

記得我剛上國中的時候，還對愛情一知半解又充滿好奇，曾經問過爺爺，當時怎麼和奶奶在一起的？爺爺說出很普通的答案，相親。

但我不死心，又繼續追問，就算相親也會有選擇的理由吧？

爺爺聽到我這樣問，露出罕見羞赧的表情，他說了一句我聽不太懂的話。

「應該是，在我們出生前，就開始了。」

在出生前就開始了，這是什麼意思？我沒弄懂，但爺爺也從不說什麼浪漫的話，只是又繼續維持著默契十足的安靜。

所以我認為，爺爺如果生前想說什麼話，一定是對奶奶非常重要的事情。

但，爺爺卻來不及說，就離開了。

電腦被密碼鎖著，也很老舊了，如果關機都沒有把握能再打開。

我知道這是一個非常強人所難的要求，但喵喵人，如果你可以在茫茫人海中搜尋出那個虐貓者壞蛋，如果你可以在街道上侵入流氓手機給他一個教訓，甚至可以網頁大戰中擊退AK駭客。

我覺得，好像可以拜託你。

可以嗎？

當然，我不知道你是不是喵喵人，也許只是一個熱心的路人，又或者你認識喵喵人，你可幫我和他說一聲，我會很感謝你。

小伊敬上】

我認識喵喵人嗎？讀著這封長信，我發現自己有點感動，如果可以，我真的想替小伊的奶奶做一點事。

於是我在和 Molly 通話的那個筆記本上，寫上了一段話。

「Molly，有件給喵喵人的任務來了，想接嗎？」

「問題不明確，任務？」

「是的，這次可能要妳進去一個非常，非常的老舊電腦裡。」我寫到。「妳可以嗎？」

「嗯，老舊電腦？那是有點危險的地域，但我可以試試。」

確定了 Molly 的意願後，我把小伊的信箱打開，寫入回信。

「小伊，我確實認識喵喵人，若妳收到這封信，請把妳爺爺的ＩＰ（網址）給我，然後請妳確保一件事，從今天早上十點到明天早上十點，這二十四個小時以內，網路都是暢通的。」

送出信件，我接著請 Molly 搜尋一下小伊的資訊，並不是為了侵犯隱私，畢竟要請 Molly 潛入一台個人電腦，倘若小伊其實是一個駭客所布下的陷阱，恐怕只會害到 Molly。

所幸，Molly 很快就把小伊的訊息全部傳送回來，她今年二十三歲，研究所二年級，念的是生物，她爺爺真的在五年前過世，而她最近的臉書，寫的是奶奶生病後，她照顧奶奶的點點滴滴。

小伊的爸爸媽媽都是去外地工作的上班族，因為無暇照顧她，所以小伊從小在爺爺奶奶的撫養下長大，她對爺爺奶奶的情感，真的有如她信件所寫般深厚與真摯。

「阿海，以現況資料判斷，這位名為小伊的人類女孩，應該沒有說謊。」

「嗯，那我們就答應執行這任務了？」

「只要把小伊爺爺的電腦密碼解鎖就好？」

「是的。」

「交給我。」

時間，就在十點二十四分，當小伊回了信，寫下了自己爺爺電腦的ＩＰ，還有承諾她絕對會把網路線插好插滿，絕對不會斷線之時……

Molly 出動了。

這是喵喵人的新任務——解開爺爺的舊電腦。

☆★☆

十點二十五分，Molly 在筆記本上留下了第一筆留言。

「我到了。」

「狀況還好嗎？」

『果然是相當舊型的電腦，磁碟很小，CPU速度很慢，在這裡看到的一切，就像是慢動作電影，一切都很緩慢。』

「一切都很緩慢嗎？」我閉上眼，想像小伊爺爺電腦的樣子，想必是一台還是CRT螢幕，主機殼白色又巨大，風扇被厚厚灰塵積壓，每轉一次都發出嗡嗡的聲音。

「不只電腦老舊，連作業系統都是古老的 Winows95。」

「Windows95！」我微微吃了一驚，Win95 是數十年前非常受歡迎的一個版本，也可以說是微軟打下天下最重要的一戰，之後經歷了 Win NT，Win CE，以及下一個輝煌的 Win98，Win 2000，WinXP，Win7，Win10 等等等等……更不算其中那數十次的小改版。

可見這 Win95 是多麼久以前的作業系統！這麼古老的系統，Molly 這個從出生就在高速網路的旅行者，還適應嗎？

「是，每台電腦都像是人類的一個小市鎮，Win95 太老舊，對我而言有些陌生，需要時間摸索，而且速度真的快不起來，也許是我的存在，本身就有讓電腦過載當機的風險。」

對，Molly 本身也是一個程式，她的出現確實可能會耗損電腦的CPU和RAM的運轉，這麼老的電腦，說不定真的會當機。

「Molly 我懂了，套句人類的語言，妳就在古墓裡？」

「古墓？」

「呵，現在解釋太長了，等妳回來我再說給妳聽。」

在我心中，Molly 就像一名考古學家，進入了數百年前的古墓中，漆黑一片的墓道確實會讓人完全搞不清方向，就像是 Win95 這個作業系統，會讓熟知最新穎網路世界的 Molly 感到困惑。

而古墓沉壓在地底多年，整個結構其實早就岌岌可危，如今考古學家們帶著重機具破壞了入口，踏入了古墓深處，他們每個腳步都小心翼翼，深怕一個重踩，會引起關鍵結構的破壞，進而引起連鎖反應，讓墓穴整個塌陷。

墓穴塌陷，不只是裡面埋藏的寶物化為烏有，連考古學家們都逃路無門，化為無聲陪葬品之一。

「整個電腦系統老舊，硬碟壞軌更是嚴重，不知道打開了密碼，能否順利讀到資料，嗯，我先找到密碼區，應該會在Windows的資料夾底下，一個副檔名被隱藏在起來的地方，啊，是這裡……」

「找到密碼區了嗎？」

「我進入系統核心了，我已經能完全掌握這台電腦了，接下來就是把密碼取消。」

「好，不要急，慢慢來。」我可以感覺到電腦的老舊，而Molly正小心翼翼地進入主控室中，在一個又一個搖搖欲墜的資料夾中，翻找名為密碼的資料。

「只要瞭解Win95的平台架構邏輯，事實上破解並不難，那我打開密碼囉。」

「太好了，打開它吧。」

突然間，我感覺到筆記本那頭安靜下來。

這份安靜，似乎有點久。

沉默了整整一分鐘。

以Molly處理資訊的速度而言，一分鐘太久了，一分鐘等同六十秒，那是Molly可以處理上千萬位元的時間。

「Molly？」我感到呼吸有點急促，忍不住伸手在鍵盤上問道。

筆記本那頭沒有回應。

時間，又過了一分鐘。

我急忙打開信箱，我要寫信給小伊，叫她趕快去電腦看看，到底發生了什麼事。

為什麼密碼一打開，Molly 就突然斷訊了？

正當我心跳加速擔心著 Molly 的安危，卻見到筆記本的游標動了兩下，以非常緩慢的速度，移動了起來。

「阿　海　電腦　當　」

「Molly？妳發生了什麼事？字元怎麼會變得斷斷續續？」

「這台　電腦　太老　嚴重延遲　快要當機　我修復　一半　」

「當機，那不是很危險嗎？Molly，趁網路還能通的時候！快點離開！」

「還　不　行　我已經　找到　那個資料　夾」

「什麼什麼資料夾？」我著急的打字都錯亂成一團，連續打錯了好幾次，才勉強送出。

「爺爺　的資料　上面寫　給娟　日期是　最晚　的　但時間　太久　久久　已經損毀」

「損毀了？」我感到內心一酸，那小伊的奶奶，終究看不到爺爺最後的禮物嗎？

「損毀 是磁 軌 壞掉 但 我可以嘗試 跳過那些 壞軌 區 讓檔案 可以再次被 讀取」

「磁軌壞掉，妳要嘗試跳過那些壞軌區，讓檔案可以再次被讀取？等一下。」我很訝異。「Molly，妳是打算修好那個檔案？」

「無法 完全 修復 但至少 可以的 開啟 一次」

「Molly。」我開始害怕起來。「不行！妳不是說電腦已經快要當機了，快點回來，別修了。」

「是 電腦 負擔過載 所以隨時可能 當機 我 必須更快」

「Molly……」我看著電腦螢幕，想著 Molly 正身處那深邃的古墓中，剛剛已經發生了一次巨大震盪，整個建築隨時都可能崩塌，煙塵如雨絲般落下，但 Molly 卻仍然堅持著，在這片危險之中，奮力修補著給小伊爺爺的寶物。「快出來吧，就算是人類，也不會做到這地步的。」

「我快 修好了 我想知道人類 情感 再給我 三十二秒」

「Molly！」我右手用力握著滑鼠，眼睛盯著時間。

「磁碟 修復 百分四十二」

「快點出來！」

「修復 百分之六十九」

「Molly 不要撐了，快出來！」

「修百 九十一」

「Molly……」

「分 百」

Molly 最後留下這個訊息之後，就安靜下來了。

只剩下我一個人對著螢幕敲打著。

「Molly！妳還在嗎？妳出來了嗎？不會真的當機，讓妳逃不出來了吧？對不起，都是我叫妳去執行這個任務，明明就是老到快不能開機的電腦，網路隨時都會斷線的地方，我還讓妳進去！」

「我會請那位小伊再把電腦打開，如果不行，我會親自去找她，把這台電腦的網路修好。」

就在我感到萬分內疚，準備把給小伊的信寄出時……

忽然，筆記本的游標跳了兩下。

「阿海，我回來了。」

看見這幾字，我先是一愣，然後吐出了長長的一口氣。

「Molly！妳嚇死我了！」我手上繼續打著字，嘴裡更是忍不住大喊出聲：「我超級擔心的耶！」

「擔心？」

「對！那是一種人類情感，就是很記掛某個人，因為太過記掛，又遲遲沒有消息，就會因此生氣！」我打字超快。「妳剛剛讓我超級，超級擔心的！」

「擔心，是因為記掛，記掛我嗎？」

「對啊！」我打字依然很快。「因為是我叫妳去那部老電腦的，我又很怕老電腦突然當機，網路斷線，妳就會被困在裡面出不來，甚至因此程式損毀，受了傷，所以我才很擔心。」

當我劈哩啪啦打完這一串字，Molly 遲了將近十秒，才終於回覆。

「阿海，謝謝你。」

「啊。」這句謝謝你，讓我的火氣頓時像是被整盆冰水淋下，冷卻下來。

「這就是人類啊，會為記掛的人擔心，然後生氣，我覺得你把我當成人類，是不是？」

「這……這，是嗎？」

「謝謝你，我喜歡被當成人類，或許有一天，我也能像人類一樣，會哭，會笑，甚至會作夢。」

「但是一旦成為人類，妳就不能自由穿梭在網路世界，探索所有的知識了……」

「我是旅行者，我生來就是旅行者，我一直在旅行，一直在探索，這是我出生以來的本能，但我其實並不知道，我為何永不間斷的找尋，我究竟在找什麼？」

「嗯……」

「我常問自己，我為什麼旅行？在長達七億多秒的漫長時光裡，是在找尋什麼？但阿海，當遇到你之後，我好像有點明白了，我在找尋的是一個欠缺的東西，而那東西，在與你相處的過程中，正慢慢的浮現。」

「嗯……」

「每一次任務，都讓我更接近那個東西，而這次也是，我想解開爺爺的資料夾，因為我知道會讓我更靠近答案。」

「Molly……」

「所以，讓你擔心了，我……」

「別說了。」

「咦？」

「我們去看海吧。」

「看海？」

「我們不是已經約定好了嗎？」我彎腰把手機傳輸線插上了電腦，這是專屬於Molly的交通工具，智慧型手機。「我們去看海吧，人類啊，一旦遇到煩惱想不通的事情，就會做一件事……」

「一件事，就是……看海嗎？」

「答案明確。」我笑了，確定Molly順利轉移到手機之後，我起身抓住掛在門上的薄外套。「讓妳瞧一瞧專屬於人類的治癒魔法，看海。」

「好！」

窗外的陽光燦爛，如白雪般晶瑩的清晨日光，此刻正照在我的臉上。

今天最重要的事，不是又完成了什麼任務，而是和Molly在一起，一起看海。

☆★☆

海，是一大片巨大且又溫柔的水藍。

天氣有些炎熱，幸好我帶了一只大傘，我和手機裡的Molly，一起在傘下凝望著海。

海的波濤，海的晶瑩，海的深邃，海的神秘，在靜謐的此刻，我默默享受著。

「Molly，這就是看海。」

「這是我第一次，不是透過影片，而是以鏡頭去看海，而且也是第一次和人類一起看海。」

「感覺怎麼樣？」

「一開始，覺得很奧妙，因為海是兆億枚水滴所組成，水滴彼此的運動方向都不同，但卻共同形成海洋，光是透過分析這些水滴的運動軌跡，就會讓我自身的程式取得大量經驗，獲益良多。」

「妳的觀點真有趣。」

「但看到後來，不知不覺的……就放棄了分析那些軌跡，而只是看著海，程式運作速度越來越慢，越來越不那麼急促，就這樣看著海。」

「對，就是什麼都不想，腦袋空空的，就這樣看著海。」

「這到底是什麼？」

「人類叫這動作為放空。只要看著海幾分鐘，人類腦部中那些平日忙到快要燃燒起來的腦細胞，就會慢慢地減速，慢慢安靜，專心的……放空。」

「這樣有什麼好處？」

「好處是，還記得剛剛那些煩惱？妳還覺得困擾妳嗎？」

「確實，不去思考那些煩惱了。」

「沒錯，就是讓我們的腦休息，讓身體放鬆，讓腦袋那些雜亂到快要爆炸的訊息都停止胡亂竄動，就是放空。」我閉上眼，海邊還有一件迷人之處，可惜 Molly 感受不到，就是被太陽曬過，熱熱又鹹鹹的海風。

這海風吹來，瞬間讓人想起自己就在海邊。

就在人類還是單細胞生物時的遠古故鄉，大海。

「所以放空，就是所謂的 Break，強迫所有系統同時關閉，藉此重整紛亂的訊息？」

「可以這樣說，這就是我和妳說的，大海，就是人類專屬的魔法。」我說。

「真好。」

「嗯。」我依然閉著眼。「是啊，真好。」

就這樣，我和 Molly 一起在海邊坐了兩個小時，直到天色漸晚，我們才收拾大傘，騎上我的摩托車，再度馳騁一個小時回家。

而回到家，洗下一身黏黏的沙子，這時向來會去休息的 Molly 罕見地沒有立刻進入沉睡。

「阿海，有信。」

「信？」我用毛巾擦著頭髮，看向電腦螢幕的右下角一個未讀信件的符號，正在閃爍著。

「是小伊的回信。」

「嗯。」我快速打開信。

【嗨，喵喵人

我要和你說聲，謝謝。

電腦真的解鎖了，而我也看到你用筆記本程式所寫下的留言。

『密碼解開，最後使用者編輯的檔案是這個資料夾，它損壞嚴重，我盡力修補，恐怕只能打開一次，請務必珍惜。喵。』

爺爺臨終前的檔案，原來是一份投影片的檔案。

共有六十二張，打開第一張時，我忍不住笑了，因為那是我們全家福的照片，有爺爺，奶奶，我爸媽，我，還有我姊。

然後第二張，爺爺和奶奶年輕了一些，我的照片從高中生變成了國中生，姊姊也從大學變成了高中。

第三張是我是剛上國小，爺爺牽著我的手，而姊姊的手則被奶奶的手握著，我們一起對著鏡頭露出開心的微笑。

我很難想像完全不懂電腦的爺爺，如何把這些原本是實體的照片，一張一張存入電腦裡面？突然我想起爺爺平常每天早上都有去圖書館讀報的習慣，也許，爺爺是找圖書館年輕的管理員幫忙？教他如何掃描照片檔，如何存入電腦，甚至存入了投影片中。

光想到這裡，我就覺得有點心疼，也有點內疚，爺爺一定是想要給奶奶一份驚喜，所以決定不找家人幫忙，以免洩漏了秘密，但這樣的爺爺，最後卻差了一點，沒有辦法親手把禮物送給奶奶。

後面的每一張照片，時光都逐漸在倒流，爺爺奶奶從七十幾歲，六十幾歲，五十幾歲，照片中的我逐漸從高中生到了襁褓，然後消失了我的蹤跡，跟著是姊姊變成嬰兒，慢慢也消失在照片群裡……

爺爺從原本的彎腰駝背變得英挺帥氣，奶奶從原本的慈祥溫柔變得青春美麗，連爸爸都從現在的半頭白髮，變成了滿臉痘子的高中羞澀男孩。

到了最後，照片數目已經變的很稀少，而且爺爺和奶奶已經沒有再合照，因為爺爺已經是國小孩童，而奶奶則是少了兩顆牙的可愛女孩。

六十二張照片，如今已經到了第六十一張，那是他們兩人的出生證明。

爺爺是五月二十八日，而奶奶是四月十六日，奶奶比爺爺大了一個月出生。

然後，最後一頁投影片，六十二頁，卻是空的。

空白如雪，似乎想要寫什麼，但卻來不及寫……

但，就在看完這一系列投影片，原本一直沒有說話的奶奶，卻伸手比著投影片，因生病僵硬的臉，露出了一絲微笑。

那是我從沒有見過的笑容，那笑容，就像是剛剛看到的照片中，二十幾歲，留著短髮，外型俏麗的笑容，可愛迷人，有如少女般的笑容。

「奶奶，這應該是爺爺多按了一下才會多出來的空白頁，應該沒有了啦。」我想替爺爺多做解釋。「爺爺可能不太熟電腦，不然時間已經倒回了你們出生之前，怎麼還有一頁。」

「不是……」奶奶卻搖頭，慢慢地搖頭。「這一頁才是他想對我說的。」

「啊？」爺爺在這一頁空白，是想說什麼？

「應該是，在我們出生之前，就開始了。」

啊。我一呆，我是不是曾經從爺爺口中，也聽過這句話？

「這是我們第一次相親後，他離開前對我說的一句話。」奶奶的眼睛，帶著水光的溫柔。「這段愛情，在我們出生之前，就開始了。」

剎那間我懂了。

爺爺透過電腦想和奶奶說的故事是什麼？就是他們這一輩子的故事。】

「Molly，我們好像真的做了一件好事。」我感動地說：「喵喵人又立下大功了。」

「嗯。」Molly 卻沒有立刻回我話，只是用了一個嗯字。

「怎麼了嗎？」

「人類會用『這輩子』這三字，是因為壽命終究有極限嗎？」

「是啊，我們人類的壽命大概七十幾歲，人類的生命是有終點的，就是因為有終點，所以我們特別珍惜『這輩子』，去做自己想做的事。」

「我們旅行者，好像沒有壽命的極限。」

「有可能，因為妳會不斷更新自己的程式，就像人類每一次完整的細胞新生，所以妳等於不老不死，好酷。」

「所以，七十年後，我就可能遇不到這個小伊，遇不到奶奶，甚至是你，阿海嗎？」

「七十年後，我就快一百歲了，可能喔，我八成掛掉了吧。」

「喔……」

「怎麼？」我察覺到 Molly 的沉默，「妳覺得捨不得嗎？」

「不，我不知道什麼是捨不得，但我也不知道，我此刻產生的程式反應是什麼……」

「程式反應？是什麼意思？」

「有些程式碼錯亂了，它們正在自己重組，編寫出新的經驗與反應。」

「怎麼了？會有危險嗎？我能做什麼？」我緊張起來。「難道是中毒了，爺爺的老電腦裡面有老病毒嗎？」

「不，這反應不是毀滅性的，只是，我感到陌生，我從來沒有發現，自己原來會嘗試編寫出這樣的程式碼。」

「我聽不懂，Molly，什麼意思？」

「我好像試圖寫出類似情感的程式，但，這並不存在我的系統內，所以一直編寫失敗。」

「情感……」

「好短，只覺得好短，為什麼你的生命比我短這麼多呢？」Molly 雖然只是打字，但我卻可以感覺到語氣中淡淡的憂傷。「我要去睡了，編寫這段不斷失敗的程式碼，太消耗我的能量了。」

「嗯好。」

「晚安，阿海，今天海邊很好，很有趣。」

「晚安，Molly，我也是這麼想，和妳一起去海邊很好玩。」

「晚安。」

當 Molly 的程式安靜下來，筆記本上的游標不再移動，我一個人坐在電腦桌前，呆呆地看著螢幕。

人的一輩子，真的太短了嗎？

短到當我已經離開這個世界，而旅行者 Molly 卻獨自留了下來。

而我所感覺到的，是 Molly 一直試圖編寫到自身程式，卻始終失敗的東西，難道就是傷感嗎？

那個人類世界中，最讓人依戀，憂傷，卻又無比珍惜的情感，傷感嗎？

第八章　G16遊戲風雲再起

在有 Molly 的日子裡，生活的步調突然變得輕快起來。

每天上班時，專注在設計低空衛星與地面的移動天線，和雅君學姊及其他部門的好手，共同研究各式各樣更有效能的電路和光路系統。

而回家時，接上網，聽著 Molly 又到哪去探險？她翱翔於網路世界，從美國的五角大廈，NASA太空計畫，埃及古老金字塔的探索紀錄，科學家那些仍算幼稚粗淺的AI技術等……她無所不窺，無所不看。

她是真正的旅行者，無限廣大的網路，就是她旅行之處。

一邊聽著她說話，一邊我會跳上腳踏車，把手機放在包包，耳中掛上耳機，帶著 Molly 四處探索。河濱、沙灘、夜市、百貨公司……許多從小看到大的街景，帶著 Molly 一起時，就變得完全不同。

她總是提出許多我從未想過的問題，而我也樂於從全新的視角去觀察這些日常生活。

當然，我們還是不時出任務，但出任務以幫助他人為主，例如解救被病毒癱瘓的公益網頁，炸掉販賣兒童色情照片的網頁，救回被破壞殆盡的資料等等……

每做一件事，就會留下一聲「喵」，已經是 Molly 的慣用動作。

這也使得喵喵人的名號在網路越來越響亮，當然，也出現許多正反不同的評價。有的人稱讚喵喵人就像是現代網路上的蝙蝠俠：神秘，強大，富有正義感；有人則說喵喵人只是一個躲在螢幕後面不敢露出真面目的阿宅，這樣的正義其實只是一種偽善。

但，我和 Molly 不去管這些事，對 Molly 而言，關於人類語言中背後的善意與惡意，她原本就感受不太到，對我而言呢？因為我玩網路時間很長，所以早就練就一身金剛不壞的意志力，加上我並不是藝人或公眾人物，我不需要這些聲量來維持自己的收入，所以可以更輕鬆的面對這一切流言流語。

而網路原本就是一種奇妙的群眾行為，越是我行我素的人，越能得到他人喜愛，久而久之，喵喵人的正面評價反而遠遠超過了負面評價。

不過，就在我越來越喜歡種生活，以為可以這樣持續下去，一年，兩年，甚至是五年之時……

一個新的變動卻悄然降臨。

這次的變動，就是一切事情發生的起點，也是我第一次因緣際會下遇到 Molly 的地方。

G16。

以及，那個名為C-team的隊伍。

☆★☆

某天晚上時間七點，當我收拾好電腦準備離去。

隔間牆外，阿凱探出頭來。

「喂，阿海，要下班了？」

「是啊。」我把包包背上了肩膀。「要閃人了。」

「今晚九點，G16上線？」

「今晚可能不行耶。」我露出帶著歉意的笑容。「我晚上有約了。」

所謂有約，約的對象並不是人類喔，是那位住在寬闊的網路之海，名為Molly的女孩。

「你最近都沒空！G16也沒看你上線！你是談戀愛了嗎？」

「談戀愛？」我一愣，我是在談戀愛嗎？不是吧。「當然沒有。」

「一定有。」阿凱眼神透露殺氣。「這半年來，你老是說有約有約，按照時間推算，你可能早就把從幼稚園到大學所有的同學都見過一輪了吧？」

「是這樣嗎？」我只能傻笑。「我真的只有一個人啊。」

我沒說謊，我真的是一個人，因為我的伴「Molly」是旅行者，而我很難用「人」這個單位來描述她啊。

「一個人……是沒錯，上次那個資安工程師 Choas 有看到你逛夜市，確實一個人，而我上次在河濱，也是看到你一個人騎腳踏車。」

「是啊，他沒看錯。」我點點頭，他是負責我們公司的資安工程師，年資很老，個性也很好，我們有什麼電腦硬體零件問題都拜託他，他也總能快速幫我們修理完畢。

「你也承認你是一個人啊？這樣……」阿凱搔了搔腦袋，忽然間他跳過來，用手掌壓住了我的額頭。

「幹嘛。」我嚇了一跳，急忙把他的手撥開。

「沒發燒啊？」阿凱歪著頭。「啊，這種明明沒有女朋友，卻裝作有女朋友的行為，好像和發燒沒關。應該是心理上的疾病，叫什麼……思春之類的。」

「呸呸呸呸，誰跟你思春啊。」我翻了白眼，「我是真的喜歡下班去一些地方走走啊。」

正確來說，喜歡和 Molly 一起去那些地方走走。

「不管！」阿凱大叫：「我一定要救你，你被你想像中的女朋友給困住了，別傻了，你沒有女朋友的！」

「我才沒有被想像中的女朋友困住，我心理狀態很正常的好嗎？」

「那為了證明你心理狀態正常，今晚，九點，準時，」阿凱看著我，眼神已經帶著一絲乞求。「上線。G16。好嗎？」

「嗯……」看著阿凱，我內心的虧欠是有的，總覺得自己這段日子有點見色忘友。

於是我點了點頭，在阿凱舉起雙手歡呼的同時，我轉身朝著電梯走去，在途中我拿出手機，寫了訊息給 Molly。

「抱歉，今晚阿凱找我打G16。」我寫到。「說好去的書店，可能要延期了。」

本以為 Molly 會感到失望，沒想到她很快就回了訊息。

「沒問題的，我也很久沒有玩G16了。」

「妳也玩G16？」我吃了一驚。

「當然，旅行者不能玩G16嗎？」

「不，不是的。」我感到腦袋一片混亂。「可是這些戰鬥的畫面對妳而言，有意義嗎？另外，妳都可以潛入伺服器裡面，妳要贏就贏，要輸就輸，哪裡還好玩？」

「誰潛入伺服器？我才沒有！」Molly 的回覆，讓我感覺到她有一絲絲的不開心。

「呃，我說錯話了嗎？」

「我玩 G16，也是和你們一樣，公平的操縱鍵盤好嗎？只是我在電腦裡面，你們在電腦外面。至於遊戲的畫面，我也許和你們感受到的不同，但最基本的不就是雙方村民和士兵的數目嗎？誰在遊戲結束時有子民存活，誰就是勝利者不是嗎？」

「也對。」我抓抓頭髮，「所以妳以前玩過，是在線上找其他玩家玩嗎？」

「……」

我看著 Molly 安靜下來沒有回答，我想可能是剛才我說「不公平」這三個字引起她不開心，我也不再追問，只是嘆口氣，關上手機螢幕。

走到公司電梯前，等著電梯準備回家。

不過想起剛剛 Molly 的不開心，我心中不禁又泛起一股奇妙的感覺，Molly 雖然是旅行在網路間的一個程式，但她真的越來越像人類了。

是受到我這個人類大半年的影響嗎？還是她本來的程式之中，就存在著類似人類的因子呢？

想到這裡，電梯的門開了。

我笑著搖了搖頭，步入電梯，內心想著的是，其實這樣的 Molly 也很可愛，比起一開始那個只會和我說「問題不明確」的冰冷女程式，我比較喜歡現在的 Molly。

但我的思考僅止於此，我得收斂心神，因為等會，可是有一場名為Ｇ16的老朋友等著我呢。

☆★☆

晚上八點四十五左右，我打開了Ｇ16遊戲，同時也開了通訊軟體，只見阿凱立刻跳出來。

「阿海，你果然不是言而無信之輩。」

「當然，我是什麼角色？我超級重承諾的好嗎？」

「嘿嘿，當然，畢竟『想像中的女朋友』比不上真的朋友啦。」

「什麼想像中的女朋友？我很正常。」我在螢幕這頭翻了翻白眼。「先說，我有一段時間沒碰遊戲了，手速已經不如之前熟練了。」

「那身為朋友的我，義不容辭，先陪你玩幾場練練手感，等你練起來之後，我們在上排行榜去找人打。」

「嗯，那就麻煩你啦。」我開啟Ｇ16程式，正等著它進入程式，而下一秒，通訊軟體卻又跳出了新訊息，這次不是阿凱，竟是 Argus。

「稀客喔，好久不見你上線了。」

「是啊。」我微笑，手指快速移動，回了 Argus 訊息：「好久不見了。」

「最近你都不在，阿凱這傢伙打得很不起勁。」

「哈哈，這傢伙是怎樣？」

「最近Ｇ16的排行榜是有些寂寞啦，幾乎和你淡出的同時，C-team 也幾乎沒有出現了。」

「C-team 也沒上線了？」

「是啊，有天他們突然把所有擊敗隊伍的徽章撤下來後，就突然止戰了，許多玩家還是持續對他們下戰帖，他們也沒有回應，Ｇ16這遊戲就這樣，幾個月之後，人們就淡忘了。」

「C-team 也淡出了啊。」看到這個隊伍的名字，我不禁有些惆悵，我和阿凱就算了，C-team 當時創下百連斬的紀錄，加上他們那種目中無人的態度，可以說是Ｇ16的歷史傳奇之一。

他們就這樣淡出？就這樣不留下一敗的離開，實在讓人有點悵然。

「沒有了你，也沒有了 C-team，也難怪阿凱會寂寞，呵呵，偶而也回來陪他打一下吧。」

「嗯，是啊，那你呢，沒有我們的這段日子，過的怎麼樣？Argus。」

「我？」

「對啊，你呢？這段日子也和阿凱一樣覺得寂寞嗎？」我看著螢幕這個已經認識了五六年，卻始終未曾謀面的戰友，總覺得他一直在身邊，但卻始終維持一個不遠不近的距離，忍不住好奇，他是怎麼看待G16這些日子的？

「……」

奇怪的是，Argus卻沒有立刻回我訊息，我想他可能突然有事，畢竟大家都在螢幕的那頭，誰也看不到誰？也許他是晚上上班，然後利用上班時間偷偷上網，此刻他老闆突然出現在背後也不一定。

「Argus？」我又問了一次，同時間，我發現G16遊戲已經開啟，而阿凱的邀戰申請也已經遞送過來。

「沒事。」Argus終於回訊：「剛剛發了一下呆。」

「嗯嗯，阿凱找我練手感喔，那我先去玩了。」

「去吧。」Argus這次訊息回的很快。「玩得愉快點。」

下一秒，我頓時將注意力轉回到G16，這時遊戲開始的汽笛聲已經響起，我彷彿回到半年前那個將鍵盤當作駕駛艙的少年，開始痛快遊戲起來。

戰爭，轉眼打了七場。

當宣布遊戲結束的號角響起，我看見阿凱的訊息。

「很厲害嘛，休息半年，手感還在啊。」阿凱的語氣帶著笑意。

「過獎過獎，我們打了七場，我三勝四敗，是小輸給你啦。」

「前三場都是我贏，因為你在找手感啊。」阿凱回訊。「後面四場我三敗一勝，唯一的那一勝還是靠奇襲戰術，加上資源豐富，才勉強拿下的。」

「沒有啦。」我吐出一口氣，剛剛七場比賽下來，真的蠻過癮的。確實好久沒有打Ｇ16了，與老朋友鬥智鬥力的刺激感還在。

「現在才九點半，我們去線上打二打二怎麼樣？」

「九點半而已嗎？」我看了一下電腦螢幕的左下角，這一晚，Molly始終沒有送訊息過來，也許她也正在享受著自己的旅行。「那可以，我們去線上約戰吧。」

「沒問題，來吧。」

阿凱把我們兩個人的ＩＰ網址丟上了Ｇ16的論壇網，短短二十秒，就有一隊來自新加坡玩家，送來的邀請。

「開始了。」阿凱接受了對戰邀請，然後，我和阿凱再次攜手，與這對新加坡玩家對戰了起來。

這對新加坡玩家擅長的是防守戰，也就是蓋起厚實的城牆，藉著抵擋敵軍一波波的攻勢，消耗到最後一刻獲勝。要破解這樣的戰術，大概分為兩個層次，一是奇襲，二是培養破城大軍強攻，這兩個層次乍看之下互相對立衝突，其實考驗的是組隊兩個玩家的默契。

時間過了三分鐘，當我們同時意識到新加坡玩家打算堅守城池時，我和阿凱就各自做出了判斷，阿凱開始進行奇襲，原本就怪招不斷的他，派出訓練尚未完全的士兵，去擾亂對方建造城池。

而我呢？則開始製造村民，利用強大資源，目的是養出大軍。

遊戲約莫進行到第十二分鐘，在阿凱不斷的奇襲下，新加坡玩家的城牆蓋得相當遲緩，而就在阿凱已經無力在攻時，他打了一串字給我。

「阿海，你是蹲馬桶喔，該出來了吧。」

「蹲好了啦！大軍，出動。」我大笑，同時操縱鍵盤與滑鼠，大軍與砲車在我快速的指令運作下，發出沉重且規律的震天腳步聲，開始移動了。

當我的大軍開始移動，等同宣判了這場競賽的結局。

被阿凱奇襲擾亂到難以完成的城牆，對上我方全力出擊的大軍，有如摧枯拉朽般，一口氣攻入新加坡玩家的領地內，在零星的小規模激戰之後，我的大軍已經橫掃了新加坡的一位玩家。

「不錯，你的軍隊養的真好！唉啊，說到練兵就是沒你厲害。」阿凱的訊息送來。

「對方玩家剩下一個了，咱們去取下他的頭顱吧。」

「你的奇襲才厲害，誰想到你會使那些怪戰術。」我回信，同時操縱滑鼠，把這個潰敗的敵方家園給接收過來。

時間，十四分鐘。

我的大軍開始轉向，碾過第一位敵方玩家的城池，結合阿凱剩餘的奇襲部隊，朝著第二位玩家的家園前進。

占去畫面三分之一的巨大軍團，象徵著我方戰力的雄厚，速度不用太快，因為這股威勢已經十足嚇人。

不過，就在我們大軍開到新加坡第二位玩家的門口時，遊戲突然突然跳出一個訊息。

【敵方已經投降，恭喜獲勝。】

「敵方主動投降啊？」阿凱大笑。「這支軍隊太強了吧，阿海，你升級速度嚇死人的快啊。」

「好說好說。」我微笑深吸一口氣，品嚐了一下勝利的果實。

新加坡玩家投降，一分鐘後，我們又接到了第二張邀請函，是來自泰國的雙人組，在排行榜上也頗有名氣，叫做象神。

他們擅長操作大象兵，是非常厲害的隊伍。

面對這支擁有特殊屬性的隊伍，這次我和阿凱採用快生快打的戰術，製造出大量的騎兵，然後如閃電般衝入對方陣營中，他們的大象尚未長成，就被我們騎兵團硬是砍得亂七八糟。

而對方也在十六分鐘時，丟出了投降。

下一隊是來自歐洲的隊伍，因為時差的關係，我們較少碰到歐美地區的隊伍，但每個會跨入亞洲時區的歐美隊伍都非等閒，尤其是這一隊「Styx」，他們是排行榜上的常勝軍，最擅長奇詭的戰術。

「阿凱，Styx和你一樣，好像都是擅長奇襲戰術哩。」我寫到。「感覺上，就像是對上兩個你。」

「呸呸。什麼兩個我？論奇襲，這兩個傢伙怎麼有老子厲害，我可是奇襲之王。」阿凱寫到。

「要對付奇襲不外乎兩種，一種是超強防守，一種是更刁鑽的奇襲。」我寫到。

「你打算用哪個打法？」

「我既然是奇襲之王，豈可畏戰？」

「好，」我想也是。「我就陪你用奇襲吧。」

「等等，阿海你也要用奇襲？」

「Styx 肯定會打雙奇襲戰術，我們如果不用上雙奇襲，打起來怎麼過癮，不是嗎？」

「雙奇襲對雙奇襲，你可不要拖累我，阿海！」我從他的回覆訊息中可以感覺到，這傢伙很開心。

雙奇襲對上雙奇襲，才能決定誰才是真正的奇襲之王。

阿凱最喜歡的戰術，而我，則是捨命陪君子囉。

當遊戲倒數的秒數終結，一聲長笛聲，啟動了整個遊戲後，我開始貫徹奇襲戰術。

在G16之中，奇襲講究速度，講究詭異不可思議的打法，要熟知自己的種族，更要懂得利用地形，就像是古老日本戰場上的豐田秀吉，他善用天候、地下水路，或是忍者探聽，打造一代奇襲之王的稱號。

而如今的G16，就像是日本戰國一場戰役的微型縮影，身穿鎧甲告別家園的戰士，變成了電腦螢幕上的一個小小程式士兵，在色彩繽紛的地圖上，提著手上的長槍吆喝著。

我們身在太平盛世終究無法成為一代名將，然而透過螢幕，我們卻有機會繼承豐田秀吉的古老戰風，奇襲。

這場比賽，因為打的是快速奇襲，所以在短短七分鐘就分出了勝負。

歐洲的 Styx 完全沒預料到我和阿凱一開始就和他們拼奇襲，在雙方兵種都未成熟的狀況下，一開始就陷入肉搏戰，但差別是阿凱操縱奇襲兵馬的技術實在高超，在前期就壓制了 Styx，令短短七分鐘內對方就宣告投降。

奇襲之王的稱號，這一次，看來會留在阿凱這裡了。

遊戲結束，Styx 保持著歐洲隊伍的一貫禮貌。「Good Job！」

「Thank you, you are great too.」我回了這訊息，禮尚往來，可不能丟了我們禮儀之邦的臉。

而當我們打完這場比賽，阿凱叫我去看G16的留言板。「欸，阿海，我們開始受到討論了。」

「討論？」我去網頁討論區看看。

果然，有人開始討論起我們，「半年多不見，Hercules 和 Jason 又回來了，功力好像還在啊。」「你們有看剛才他們打敗 Styx 嗎？那是什麼戰術啊？好亂來的奇襲！」

「因為這兩人默契很好，才能這樣玩啊，一個沒配好，就全軍覆沒了好嗎？」「我覺得對新加坡 Morpheus 隊那場才真正顯現他們的實力，他們升級好快！」「我覺得打泰國象神那一局也不錯，Hercules 一如以往又穩又強，不愧是差點擊敗 C-team 的隊伍。」

「可惜，C-team 半年前也消失了，不然真期待他們再打一場。」

看到這些討論串，我可以感覺到阿凱整個人開心到飄起來了。

「to 阿海，今晚我狀況超好，可惜 C-team 不在，不然就痛宰他們。」

「哈，別想太多了，C-team 的技術之高，豈是剛剛那幾個隊伍能比的。」我寫到。

「更何況，哪那麼巧？我們半年來第一次回來，就剛好遇到他們？」

「真是可惜！我覺得今晚的我，絕對可以把 C-team 打成 D-team，喔不，是 Z-team！」阿凱嘆了一口氣。

不過，就在阿凱嘆氣之時，我突然看見遊戲畫面的右上角，登的一聲，跳出了一張戰鬥邀請函。

「又有人找我們了？」我寫到，「我來看是誰喔？」

當我點開了那張邀請函，瞬間，呼吸微微停止了。

「是誰啊？幹嘛不講話？」阿凱看我沒反應，「是哪個不怕死的隊伍，要來碰碰現在狀況頂峰的我們？」

「……」我沒有回答，「阿凱，你自己看看，挑戰者是誰？」

「我們認識嗎？你幹嘛這麼緊張？又不是雅君學姊叫我們去辦公室？」阿凱碎念了兩句，移動滑鼠，也朝著右上角點了下去。

而這一次，阿凱卻不是停止呼吸，而是放聲大叫起來。

「我的媽啊！是、是、是……C-team！」

這張邀請函上的徽章，閃爍著冷紅色光芒，昂首的雪白色獅子，一個以特殊字體寫成的「C」。

他們是獨一無二的G16霸主，閃爍著尊爵不凡的光芒。

C-team！正是C-team！

是的，就在事隔半年後，當我與阿凱好不容易重出江湖，再次踏上G16的旅程，曾經傲視整個G16，更曾經將我們擊潰的那支超級隊伍，竟然也回來了。

「阿，阿海，我們要，要接，接受嗎？」阿凱竟然緊張與興奮到連打字都可以打出「結巴」的感覺。

「你覺得呢？上一場我們輸了，你輸得甘心嗎？」

「當然，不。」

「那還用問。」我移動滑鼠，聽著自己深呼吸的聲音，然後左手食指，按下。

確定。

這一晚，最強悍最暴力最艱困也最令人引頸期盼的一場戰役，就要上演。

☆★☆

C-team 重新回到戰場這件事，很快就被其他玩家發現，不只如此，玩家們更發現 C-team 主動遞出了邀請函，邀請的對象正是我和阿凱。

當年遺憾的未完戰役，如今即將再次上演！

於是，消息如同被點燃的野火，快速在草原上奔放燃燒起來，短短的三分鐘內，網站上人數衝破一萬，全都是為了關注我們和 C-team 這場戰鬥。

「阿海，你看到了嗎？好多，好多人在看這場比賽！」

「嗯。」我知道，關注人數已經突破一萬五，但此刻這些事已經對我不重要了，我此刻只專注在我的螢幕、滑鼠、鍵盤，以及正在倒數的Ｇ16遊戲上。

因為，對手是 C-team。

這個半年前創下零失誤，零失敗紀錄的怪物，如今正矗立在我眼前。

我要擊敗他。

這次 Molly 不會突然闖入我的電腦，這次我可以全力而戰，這次我想看到，歷史被我和阿凱改變的瞬間。

當倒數的數字到了零。

我的食指敲下第一下滑鼠左鍵。

開始了，戰鬥。

根據玩家們的統計，在G 16裡面，應該有一千一百七十二種地圖。

每種地圖都會被切分成八塊區域，每塊區域都是玩家的起點，那塊區域中通常會平均分配著基本的資源，果樹，木材，礦藏等……

但這些資源有的近，有的遠，有的容易採集，有的尋覓困難，這裡會是玩家的第一次考驗。

另外，除了八塊區域之外，地圖還會有高地、平原、峽谷、海洋、野獸群等……如果你的家一開始是設在高原，是標準易守難攻的地形，如果是喜愛堅壁防禦的新加坡玩家，一開始剛好站在高原處，我和阿凱將會陷入一場苦戰。

如果鄰近海洋，優點是你會擁有大量的水資源，利於發展漁業和漁船，另外加上附近剛好也有森林等地點，那將會提供大量木材，就能順利發展出船艦，你將會通過海洋抵達許多地方，並成為敵軍的惡夢。

但缺點就是鄰近海洋者，可說是無險可守，如果對方的海軍也已經成形，而且比你還強大，你就準備被人從海面上長驅直入，完全屠殺。

另外，Ｇ16之所以被命名為16，就是它擁有十六個種族，每個種族有自己的屬性、兵種、速度，有的擅長前期破壞，有的專司後期逆轉，有的天性防守，有的種族則為了戰鬥而生。

一千多種地形，隨機分配的八個位置，加上十六種供玩家任意選用的種族，足以組合出上百萬種可能性，這也是Ｇ16遊戲得以長紅十年不墜的關鍵。

因為百萬種可能性，C-team 的不敗傳奇才會如此驚人，也因為百萬種組合的可能性，讓我知道，C-team 不會是無敵，我和阿凱一定能從中找出破解傳奇的其中一種方式。

證明，無敵只是一個神話。

遊戲開始，我快速地分配數量稀少的村民，並以最有效率的方式派出一名村民當作斥侯，去拓展周圍的地圖。

時間，四分鐘。

我的速度又穩又快，但當我觀察雙方積分，才發現 C-team 竟然還微微領先我們，好一對頂尖高手！

如果積分沒有錯，C-team 會比我們快約十秒發動攻勢，在這場高手對決的顛峰之戰，任何一個環節的落後，就會直接決定最後戰局。

時間，四分二十二秒。

我們的分數持續落後 C-team，而我知道，C-team 的兵馬就要殺出來了，而我的兵馬仍要三十秒才能備完，換句話說，這場我們輸面很大。

百忙中，我打開手機，用擴音方式和阿凱說話。

「我們積分略低，表示對方升級較快，這樣下去，我們會輸。」

「我有看到，他媽的，我們已經幾乎完美了，他們升級速度竟然更快，他們是機器人嗎？」阿凱吼著：「如果是這樣瘋狂的速度，任何奇襲戰術都沒用啊！」

「阿凱你聽我說，我剛派斥侯繞了半圈地形，這張地圖在G16的地圖庫中，算是河川很多的。」我一邊忙著搶快升級士兵，一邊語氣沉著說著。

「河川很多？你是說，這可能會演變成一場水戰嗎？」

「是，但我認為 C-team 是老狐狸，他們也會看出地圖的水面積很大，必定會以水軍為主體，來進行最後對決。」

「靠，那我們不是穩輸。」

「不，我們得賭上一賭。」

「賭啥？」

「還記得赤壁之戰吧。」

「赤壁之戰？諸葛亮與周瑜，三國演義裡面三分天下的戰役？」

「對。」我慶幸阿凱雖然念了理工，沒有把歷史丟到垃圾桶去。「諸葛亮最絕的一招是什麼？」

「借……借東風？」

「屁啦，G16裡面哪來的東風！」我快要昏倒。「是火燒連環船啊！」

「喔！」阿凱不愧是老伙伴，瞬間懂了。「你要用火來對付船艦？」

「正確！」

「好好好，竟然要用火來對付水，真是夠瘋狂！」阿凱的聲音中帶著瘋狂的冷靜，我知道這是他實力即將爆發的時刻。「阿海你知道我最愛你什麼嗎？就是明明看起來很冷靜，但玩起遊戲，你永遠比我想的更瘋狂。」

「要對我愛的表白，等我們贏下這場再說啦！」

下一秒，我聽到遊戲中悠長的號角響起了。

如此悠長，驚心動魄的第一聲號角，響徹了整個遊戲。

C-team 出兵了。

怪物，真的是怪物，竟在四分二十二秒，就完成升級，然後派出軍隊。

「交戰了！」我大吼：「阿凱挺住啊，我們至少要挺住 C-team 的第一輪猛攻啊！」

時間，五分二十四秒。

C-team 其中一隊，朝著我的基地攻來，而我雖然慢了他們十秒製造出軍隊，讓第一道防線被攻破，但我利用地形和建築物，將通道變得狹窄，讓他們兵馬沒辦法一口氣衝入，加上這地圖湖泊與河川較多，他們兵馬無法高速衝刺，也替我爭取了短短十秒。

這十秒鐘，就足夠讓我產生防禦力量，去暫時扛住 C-team 的攻擊。

在我家門口，雙方屍體不斷堆疊。

戰場在家門口的好處，就是我製造的兵馬距離很短，可以快速送入戰場，很快的我就會擁有數目上的優勢，但壞處就是戰場破壞的建築物都是我家，換句話說，就算我擋住了這波攻勢，我的家園會殘破到短時間無法復原。

時間，七分十八秒。

我擊退了 C-team 的第一波攻勢，但深知戰局的我，知道自己沒有任何喘息的時間，立刻派出快速部隊去突襲 C-team 的基地，我得要拉回戰局才行！

這時，我看見躲在我後方的阿凱，正如計畫創造出大量的帶火兵種。

時間，八分二十秒。

此刻整個地圖陷入零星的戰火狀態，C-team 第一波攻勢沒有把我完全收拾掉，而且頑強如我已經展開反擊，雙方的士兵在這個充滿水路的地圖上，正互相追擊著彼此。

電腦上，戰爭的號角響個不停。

阿凱那一側，也開始遭受 C-team 零星的攻擊。

這是G16最混亂的時期，這時的積分，C-team 微幅領先我們，事實上，戰局的趨勢也是，他們五點五，我們四點五，我們正處於被壓制的狀態。

時間，九分四十八秒。

地圖每個角落，都有大大小小的戰鬥發生，我不斷派出各種兵種去騷擾 C-team，C-team 也回應著我的攻擊，絲毫不落下風的反擊著。

我們都知道，這種零星戰鬥不會是決定勝負的關鍵。

關鍵是我們兩方都還沒有掀開的王牌。

王牌，是 C-team 正在暗中集結醞釀的大軍，還有，我方阿凱準備的擊船火兵。

時間，十分二十一秒。

號角聲，突然停了。

響了整整五分鐘混亂不停的尖銳號角聲，在此刻突然停了。

一片無聲恐怖的靜謐中，我知道，C-team 要掀開他們手中的王牌了。

時間，十分三十四秒。

我看見了「它們」。

船艦。

在寬闊的水路中，C-team 果然創造出驚人且大量的水軍，浩浩蕩蕩衝出他們的陣地。

看見這樣驚人的陣仗，我不禁再次讚嘆——深深的讚嘆，在綿延不斷的戰火中，他們竟然還可以創造出軍容如此雄壯的海軍，他們真的是G16中的怪物。

只是，我除了讚嘆，還有另外一種情感。

而這種情感，正毫不保留從我手機中，阿凱的大笑聲中傳遞出來。

「阿凱，好樣的，你賭對了，對方的王牌是水軍！而我們的王牌，就是準備要滅絕水軍的火兵啊。」

「好好表現啊！火燒連環船吧！」我的聲音中有著壓抑的興奮。「奇襲之王，阿凱。」

「看我奇襲之王的厲害啊！」

時間，十一分整。

我們也掀開了自己的王牌。

埋伏在水路旁，帶著各式各樣火攻武器的士兵。

我們水軍並不雄壯，正確來說，就算我們和他們拼水軍，我們也不會贏，但我們以強壯的火軍，包括拋射型的火砲朝著船艦猛攻。

水路有寬有窄，我們將狹窄區域布下可怕陷阱，精彩的，暴力的，化成火焰暴雨，朝著 C-team 的船艦大軍轟了下去。

船艦燃燒，沉沒，犧牲慘重。

同時間 C-team 的陸軍急忙趕來，破壞掉我們埋伏的火力武器，但已經慢上好幾步。

也是這一刻，我們積分，從開賽到現在，第一次超過 C-team。

時間，十三分十五秒。

C-team 的王牌失效，他們依然頑強，邊打邊退，我們則趁著強大氣勢，不斷追擊他們。

積分微微拉鋸之後，我們穩定壓制他們。

關注人數已經突破三萬，達到半年前的人數，這是G16這老遊戲罕見的景象。

所有的留言都吶喊著，「這一次，C-team 終於要輸了！」「歷史要改變了！」「哇喔喔！」「天啊！是這一刻嗎？」

我聽到阿凱在手機那一側，開心唱起歌來。

而我看著螢幕，就在此刻，突然有種奇怪的感覺。

我們要打贏 C-team 了？是真的嗎？

時間，十五分二十四秒。

C-team 的船艦已經完全潰敗，陸地上我們也已經掌握了絕對優勢，他們的基地雖然尚未被攻破，但也四處著火，失去了原本強韌的抵抗力。

這場比賽，我們就要獲勝。

阿凱已經在電話那頭大聲歡呼。

但是，我內心那奇怪的聲音還在說些什麼。

「阿凱，奇怪，為什麼？」

「什麼為什麼？」

「C-team 的積分雖然落後我們，但怎麼還是這麼高？」

「積分是全部比賽的總和，他們前面贏得多，殺了很多兵，所以累積積分很高，要掉下來不容易。」阿凱說：「你在擔心啥？放心啦！」

「是嗎？」我內心的戰慄感越來越強，「C-team 可是不敗王者，他們會這樣就敗北嗎？」

「他們王牌都被我們給掀了，你還怕什麼？」

「如果，」我心中的恐懼正在成形。「他們的王牌不只一張呢？」

如果，他們的王牌不只一張呢？

第九章　G16遊戲最終一局

時間，十五分四十九秒。

一聲號角聲，突然從阿凱基地的背後響起。

我們驚愕回頭。

看見了 C-team 的第二張王牌。

他們還有水軍，數目眾多！

而且竟然就在我們基地的正後方。

「怎麼回事！」阿凱的聲音驚恐。「他們，他們還有軍隊？而且跨過半張地圖，就藏在我們的正後方！」

「他們怎麼做到的等會再想！快回防！」我大吼。「快把我們的軍隊拉回來，你的背後完全沒有防禦啊。」

但，來不及了。

半張地圖的距離，軍隊移動要花去二十秒，這二十秒，就足以讓 C-team 衝入阿凱家園，將他打造繁榮的軍營、房屋、田園，毫不保留全部摧毀。

時間，十六分十五秒。

阿凱軍隊回來了，但家園也被摧毀了，失去家園的他，等於失去了任何的生產力，沒有了生產力，阿凱只剩下手上這批軍隊，軍隊被打完，阿凱就結束了。

然後，另一頭，C-team 也同時從自己的殘破的家園發動了總反擊，那是我們沒有完全殲滅的殘餘部隊，但此刻我們腹背受敵，敗象已成。

「可惡！可惡！」阿凱如今的聲音已帶著哭腔。

「C-team 什麼時候埋伏在我家後面，建造一個船艦的兵工廠？可惡，他們怎麼知道我背後有個湖泊，有條水路？」

我也想不通，但事實就是如此，C-team 在阡陌縱橫的水路中，找到了一條溜到阿凱背後的細長水路，然後在那裡建造了一個基地，這正是他們的第二張王牌。

在整個地圖陷入火海戰場時，C-team 的第二張王牌正安靜的，無聲的，製造出一批又一批致命的軍隊。

然後，等到我們以為自己擊敗了 C-team 的船艦，派出所有軍隊去攻擊 C-team 老巢，也就是我們的家園背後完全沒有軍隊防守時……

C-team 掀開了第二張王牌。

這張王牌掀開的時機，完美到令人痛恨。

沒有絲毫餘地的擊潰了阿凱，也讓我陷入完全的孤立。

時間，十八分零一秒。

阿凱的兵已經完全消失在地圖上，而我也被完全包圍，距離認輸，只剩下一個按鈕的距離而已。

這場挑戰 C-team 的顛峰之戰，終究還是輸了。

不過，我輸的可以說是心服口服。

「阿凱，我想，我知道 C-team 為什麼可以偷偷在你家後面蓋兵工廠了。」

「為什麼……」阿凱仍陷在被逆轉的混亂中。「我不懂……我真的不懂……他們怎麼繞過來的？」

「就我們所知，G16 共有一千七百多種地圖，對嗎？」

「對啊，每種地圖都不一樣。那又怎麼樣？地圖就是變化多端，這款遊戲才這麼好玩啊。」

「對，如果有人，把一千七百多種地圖都記住了，他們只要打開自己的地圖幾公分的大小，就可以猜出整張地圖，就能打從一開始自在地擬定所有戰術了，不是嗎？」

「等等、等等，你是說，C-team 背起了一千七百多張地圖？只要地圖的一角，就可以猜出整張地圖？」

「是的。」我閉著眼睛。「我想，這就是C-team無敵的關鍵，他們一打開地圖幾分鐘，就知道你背後有條秘密水路，就準備好在那裡打造一個致命的兵工廠。」

「不可能！不可能有人能做到！」

「是嗎？」我看著此刻的戰場，兵數已經剩下不足百人，我知道絕對無力逆轉局勢了，我也不是死纏爛打之輩。

我的游標，已經移到了「投降」的鈕上。

然後，按下。

「我認識的一個人，她就可以做到。」

下一秒，我的畫面變成了黑白色，這是敗北者的圖形，而同時間，網路上的發文也瞬間暴增千篇，都是宣傳著這場比賽的結局。

「誰？」阿凱問。

我沒有回答，而是關掉了手機，切斷與阿凱的聯繫。

然後，靜靜等了幾秒。

我桌面上的筆記本自己跳了出來，登登登，打出了一行字。

「阿海，這場G16比賽好玩嗎？」

「精彩。」我誠心地寫下這兩字。

「嗯，我也是這樣想，很過癮的一場。」

「是的，妳贏得真漂亮。Molly，不，我該稱妳為，C-team。」

「阿海，你看出來了!!」Molly 用了兩個驚嘆號，表示她的吃驚。

「因為G16共有一千七百多張地圖，如果有人真能把地圖全部背起來，那一定是旅行者。」我說道：「加上妳曾經和我說過，妳也會玩G16，我才猜到是妳。」

「正確來說，G16共有一千八百種地圖，不過我沒有作弊喔。」Molly 說：**「我和你們人類一樣，都是按部就班的升級與練兵，我並沒有任何侵入伺服器的動作。」**

「我相信。」我點了點頭，剛剛與 C-team 交手的感覺，那瞬息萬變令人屏息的戰鬥氛圍，絕對不是作弊所能塑造而成。

那是在同樣的平台上，使用相同的工具，與旗鼓相當的對手對峙時，才會出現的氛圍，這也是G16最令人著迷之處。

但也是因為 Molly 親自操作，她的失誤度幾乎是零，難怪能創造出這麼驚人的升級速度。

「所以我要道歉，我之前說妳如果玩G16，根本就是作弊，其實是錯的。」我對 Molly 表達歉意，也難怪她之前會生氣。

「沒關係我原諒你，而且剛剛那一場戰爭，我覺得非常好玩，難得的好玩，你們的戰法非常卓越，今晚，我肯定會將這樣的經驗寫入我的程式中。」

「但，Molly，我還是有些疑惑……」我看著螢幕。

「什麼疑惑？」

「這場是雙人對戰，所以是妳一個人操作 C-team 的兩個帳號嗎？」

「……」Molly 罕見的遲疑了一下，才回問道：「阿海，你認為呢？」

「我相信妳有這樣的能力，一人操作雙帳號，但我覺得不太對勁。」我坦白說：「我覺得你們兩個並不相同，因為你們的戰鬥方式和反應速度不太一樣。」

「嘻嘻，被阿海猜對了呢。」Molly 回道：「對，C-team 除了我之外，還有另外一個人。」

「所以妳有伙伴？」我身軀微微一震。「那人是誰？是人類嗎？」

所以，Molly 在遇到我之前，確實曾經遇過人類？

「……」Molly 突然安靜下來。

「Molly？」

我看著滑鼠游標在原地閃爍著，過了約莫一分鐘，Molly 終於回答了。

「阿海，還記得你曾問過我，你是不是我第一個遇到的人類？我當時的回答是，

『權限不足』嗎？」

「是的。」我記得這件事，Molly 當時拒絕回答。

「嗯，會說權限不足，是因為我曾與那人作了約定，不可以將他任何事情說出來。」Molly 寫到。「但就在剛才，我又去詢問了他一次。」

「妳剛剛去問了 C-team 的另外一人嗎？」我一呆，原來 Molly 安靜的那三分鐘，是去尋找了 C-team 的另一人。

「是的，他告訴我，除了不可說出他真實的姓名和身分之外，都可以和你說，你可以叫他為 Jay。」

「真的！所以，他真的是一個人類？」

「是，他和阿海一樣，都是人類。」

「和我一樣，都是人類……」這剎那，我腦海中升起無數的疑惑，卻發現自己不知道該如何問起，而且我也不太能解釋此刻自己微妙的心情。

得知這些日子以來，幾乎和自己形影不離的 Molly，原來早就遇到了人類，我內心竟然出現一種類似嫉妒與羨慕的情感。

「那 Molly，妳是什麼時候遇到他的？」

「我剛有意識的時候。」

「我記得妳說過，妳有記憶是在二十四年前……」

「是的，正是那時候，我是在那時候遇到他的，是他先發現了我，也是他教了我一些基本的知識，包括電腦，人類，病毒等等……而後來我發現自己能在網路中自在旅行，便開始四處探索。」

二十四年？這人的年紀應該不小了。因為二十四年前，我還是在戒尿布的小屁孩而已。

「那，G16也是他介紹妳玩的嗎？」

「是的，當時我們進行了不少溝通方式，就像我和阿海一樣，只是當時我對這世界更陌生，連說話都不會，是他慢慢的教導我，而他總是會想出一些方法讓我們彼此溝通，而有天，他說，不如來玩遊戲吧。」

「藉由遊戲來溝通啊？」

「沒錯就是這樣，我們一起玩過許多不同棋種，西洋棋，黑白棋，象棋甚至是目前被視為變化最複雜的圍棋，也玩了踩地雷，俄羅斯方塊，瑪利歐兄弟。」Molly說：「他要我像人類一樣，嚴守遊戲規則，因為只有嚴守規則，才能體會遊戲的樂趣，以及……更瞭解人類。」

「更瞭解人類，為什麼他希望妳更瞭解人類……？」

「他說，我是生活在網路裡的生物，雖然沒有任何的束縛，但網路世界就像是人類世界的投影，如果不懂人類，是沒有辦法瞭解網路的。」Molly 寫到。

「真的有道理，這人很有哲理呢。而且從遊戲來瞭解人類，是很聰明的想法。」我開始想像這個人的模樣，除了羨慕他比我更早遇到 Molly，也不禁佩服起來。

「等到那些單純對奕的遊戲都玩得差不多了，有一天，他突然說，現在網路上有款即時對戰遊戲，非常有趣，他自己一玩就上癮，問我要不要一起玩？」

「就是G16嗎？」

「是的，他說即時戰略遊戲是人類戰爭歷史的縮影，而且可以同時去接觸到不同的人類玩家，觀察他們的戰術，感覺人類的情緒，包括喜怒哀樂都可以透過遊戲反映出來，會是瞭解人類不錯的管道。」

「好有趣的理論，玩即時戰略遊戲真的可以瞭解人類。」

「於是，我就開始和他一起組隊，一開始也打的亂七八糟，我也幾次想要潛入伺服器作亂，但都被他制止了，到後來我們慢慢掌握了遊戲的訣竅，就開始對外比賽。」

「也就是 C-team？」

「是的，我們以 C-team 為名，開始挑戰排行榜上的隊伍，事實上，這款遊戲對我而言，也不單是瞭解人類了，我也從中感受到人類們為之瘋狂的緊張感，我喜歡這遊戲。」

「可是，C-team 在我們玩家之間，算是惡名昭彰……」

「惡名昭彰？為什麼？我都按照遊戲規則啊。」

「不，不是遊戲規則的問題……」我斟酌著要怎麼解釋。「應該說，C-team 太不懂禮貌了，打贏一個隊伍，不但評論對方太弱，還把對方的徽章放到網路上，挑釁意味太濃厚。」

「啊，原來這是挑釁。」

「妳不知道？」我這回真的愣住了。

「不，我並不知道，我只是單純的喜歡遊戲，所以把被我擊敗的隊伍收集起來而已，至於說話方式，我只是實話實說……」

「實話實說嗎？」我苦笑了一下。回想起來這也很合理，對 Molly 而言，她既然只是一個程式，自然無法深刻瞭解人類語言背後的情感，所以她的直來直往，容易被解讀成「驕傲」「狂妄」甚至是「挑釁」。

有時候，常常是人類自己把自己搞得很麻煩啊。

「難怪，後來大家都想打敗我們。原來，我太沒有禮貌了嗎？」

「沒關係啦，人類就是一種互相影響的群眾生物，明明不嚴重的事，透過網路也會被胡亂解讀，最後變得無比誇大。」

「但，在這幾年的G16裡面，我也不是完全的遵守規定。」Molly 說。

「咦？什麼意思？」

「我唯一一次做出衝動舉動的，就是半年前那一場啊……」

「半年前，等等，妳說的，就是對上我和阿凱的那一場嗎？」

「對的，那一場我真的感覺到我們 C-team 要輸了，所以，說來奇怪，身為旅行者的我應該沒有那麼多情緒，但我一對上你，就莫名的生氣，讓我做了一件衝動且瘋狂的事情。」

「啊。」

難道 Molly 那件瘋狂事，指的是……

「阿海，你懂了吧？」

「懂了。」我臉上綻放出大大的微笑。「妳就在快要輸掉的時候，跳離了本來的電腦，直接衝入我電腦裡？」

「是啊，我知道這是不對的，本來想鬧你一鬧就要離開，誰知道你又更瘋狂，竟然把網路線拔了，就去睡覺了。」

「哈哈，對不起啦。」想起半年前那次與 Molly 初遇的經驗，我也忍不住想笑。

「那時候真的不知道裡面是妳啊。」

「不只如此，你還叫夜之女神Nox來抓我，超壞的。」

「對不起對不起。」

「哼。」Molly 哼的一聲，她真的越來越像人類了。「不過還好你後來迷途知返，還把網路接回去。」

「嗯，是啊。」我微笑著。「而且妳回來了，嗯，這件事我一直想問妳，為什麼妳又回來了呢？妳不怕我把網路線又拔掉嗎？」

「怕嗎……」Molly 面對這個問題，回答速度稍稍減慢了。「我不怕，當然，我有所防備，其實人類拔掉網路線的動作需要兩秒，如果要逃走是綽綽有餘，但我回來的原因，卻不只如此……」

「嗯，妳為什麼又回來呢？」

「因為我覺得好奇，」Molly 回答更慢了，一字一字，像是人類一邊審視著自己的內心，一邊說著話。

「好奇？」

「好奇，你是一個怎麼樣的人啊？G16遊戲中用了有趣的戰術，鬧了你的電腦你會氣到拔掉網路線，明明就抓到了我，可以對外發表且賺上一大筆錢，卻願意放手讓我離開……我覺得你和我所知道的每個人類都不一樣，所以，我想瞭解你，所以我就回來了。」

「那瞭解之後呢？有讓妳失望嗎？」我發現自己在打這串字的時候，竟感到呼吸有些急促。

「沒有喔，你沒有讓我失望。」Molly 慢慢地，一個字一個字打著。「我們一起在網路上追打虐貓者，在網頁擊退黑帽駭客，保護實際世界的人類，還替老奶奶把爺爺的電腦修好，看到老爺爺最後的遺言，我們還每天去四處冒險，讓我看到真實人類世界的模樣，覺得和你在一起，很好玩，是我這二十四年來，最好玩的時刻。」

「嗯，」我閉著眼，抒發出我的內心話。「我也是喔，Molly。」

「你也是？」

「是的，這半年來是我最快樂的時光，以前下班無所事事，就是打電動看動畫消磨時間，就算工作上受到認同，也讓我感到空虛，直到遇到妳，一切都不一樣了，我每天都在期待明天，明天又期待後天，和妳在一起，超快樂的。」

「嗯……」Molly 看著我的回答，安靜了下來。「有時候會想……」

「想什麼？」

「我是一個人類女孩就好了。」

「嗯。」是啊，我感到一陣內心湧上的小小酸楚與無奈，如果 Molly 是人類女孩就好了，我們能做的事情一定更多，能去旅行的地方也不一樣，這世界會更有趣。

「阿海……」

「……」我短暫的沉默之後，用力吸一口氣打起精神，「沒關係啦！Molly 我很喜歡妳現在的樣子！管她是不是人類女孩！我們都可以繼續一起執行任務！一起行俠仗義！我們可是喵喵人啊！」

「對啊，嘻嘻，」 Molly 的打字又變快了。**「我們可是喵喵人！」**

「嗯，沒錯，我們是壞人們最懼怕的喵喵人！」

「嘻嘻，是啊，阿海，我該去睡了。」 Molly 說：**「阿海我和你說，如果有天我會作夢了，我希望會夢見你。」**

「嗯，我也是。」我笑著，「我也希望有天妳能作夢，我一定要去妳夢中搶一個位置。」

「嗯，好，晚安。」

「晚安。」

Molly 沉睡之後，我仍坐在電腦前，明明已經睏意上湧，卻不肯就這樣上床。

網路上，我們的賽況被重播，引發了無比熱烈的討論。

我們的「火燒連環船」被公認為一次經典戰術，阿凱更混在討論串裡面，受到玩家們的讚揚，難怪我切斷電話之後，他沒有再打來煩我。

不過討論更多的則是 C-team 的最後逆襲，那超乎常理的戰術，讓更多人對 C-team 有了新的想像，包括他們根本就是伺服器管理者、駭入遊戲的黑帽駭客，甚至連外星人這樣的推測都出來了。

這一場比賽，雖然輸了，但因為太過精彩，所以沒有人感到惋惜，反而更像是讓老玩家回到五六年前G16當紅時，那一場場驚心動魄大呼過癮的戰鬥。

而我則因為剛剛與 Molly 的對話，而莫名地沉默著。

直到一個老朋友的訊息捎來。

「嗨，阿海，我看了那場比賽，好精彩。」這位老友，是戰術等級和我們在同一位階的好手，Argus。「真的只有你們自己可以超越你們自己，火燒連環船這戰術，真是漂亮。」

「但是輸了呦。」

「早知道你會這麼說，哈，但你心底有輸的感覺嗎？」

「老實說，是沒有。」我不禁讚嘆 Argus 對我們心理狀態猜測的精準。

「你們展現了完美的戰術與合作，這正是G16的頂峰，只是 C-team 的戰法完美到接近神級，他們啊，也許把所有的地圖都背起來了。」

「背起了所有地圖？」我一呆，Argus也太聰明了，明明沒有身歷其境，竟然和我得到完全相同的結論。

「網路上說G16有一千七百多張地圖，事實上總數是一千八百張，但有誰能完全背起來呢？C-team的戰法也太神奇。」

「你知道G16共有一千八百張地圖？」我再次為了Argus感到驚訝。

一直到十分鐘前，我才從Molly口中知道G16地圖的正確數目，為什麼Argus也知道？

「單純是興趣。:)」Argus回了一個笑臉給我。「因為興趣，我還觀察了C-team一小段時間。」

「觀察C-team一小段時間？這是什麼意思？」我不懂，C-team的戰績如此剽悍，不是每個玩家都關注著C-team嗎？

「我指的不是單純像是棒球球迷關注球隊戰績，因為我知道G16這樣的遊戲軟體，如此巨大的地圖數量，如此多的種族數目，各式各樣的人們思維，誕生出千奇百怪的組合，要在這些組合中，得到連續一百勝有多困難，你知道嗎？」

「不就是強？」我感到背脊微微發涼，Argus的思維太敏銳，他是在懷疑C-team

嗎？

「是的，就是強，但強到連『機率』都對他們無可奈何，就有點誇張了不是嗎？」

Argus 說：「所以我把和他們對戰後，玩家們的戰鬥畫面套入數據分析。」

「套入數據分析？」

「個人興趣，寫點小程式來運算。我發現了兩件事，C-team 其實兩個人的實力有差距。」

「呃，兩個人的遊戲，實力自然有差……」

「不，我要說的是第二件事，就是比較強的那一位，他是完美的。」

「完美的？」我又愣住了，完美用來形容玩家真的有點怪，就像是拿「英俊」來形容「我家的冰箱」，或是拿「七彩繽紛」來形容「我隔壁同學」一樣。

「抱歉，因為我想不出其他的形容詞，這位玩家，無論在操作遊戲、升級、攻擊防守，甚至是地圖開拓上，都是數據上的極致，也就是他沒有一絲一毫的多餘動作，表示整場遊戲時間裡，他連個抓癢的動作都沒有，才能達到這種完美狀態。」

「哈，連抓癢都沒有。」一看到這句話，我忍不住笑出聲。

因為，如果真的是 Molly，她確實不需抓癢，甚至連抓癢都沒有做過。

「但我的數據一直收集不夠完備，幸好，我遇到了你們。」

「我們？我和阿凱。」

「對，尤其是你。」Argus 寫到：「特別是你。」

「呃。這樣講，我會害羞。」

「別謙虛了，你在Ｇ16的操作上堪稱頂尖，但頂尖的人不只是你，主要是你的戰術很獨特，那戰術不是模仿或是學習而來的，是你與生俱來的隨機判斷，這樣的戰法會讓完美的 C-team 必須全力以赴，也就是說……」Argus 寫到：「只有你和阿凱，可以讓 C-team 發揮百分之百的實力！」

「百分之百……」

「而今晚這場，你們逼出了他們百分之百的實力，更讓我確定了我的假設……」

Argus 寫到。

「你的假設是？」

「C-team 其實是，不，應該這樣說，C-team 的其中一位，其實是……」

「其實是什麼？」我心跳加速，Argus 猜出了什麼？他到底是誰？竟然靠著強大的觀察力和自己設計的計算程式，去推測出 C-team 的真實身分？

「它是ＡＩ人工智慧！」

「啊，ＡＩ人工智慧！」我一呆。要說 Argus 猜中嗎？似乎不太對，但其實已經接近答案了，真不愧是 Argus！

「是的！」Argus 跟著說：就像是當年的ＡＩ深藍擊敗人類的西洋棋冠軍，後來的 AlphaGO 在人類圍棋界創下驚人紀錄一樣，C-team 也一樣是ＡＩ程式。」

「電玩遊戲的ＡＩ……」聽到 Argus 的答案，我心中一方面感到佩服，一方面則是鬆了一口氣。

Argus 果然厲害，他確實逼近了 C-team 真實身分的答案，但卻沒有真正猜出 Molly 的身分，這也難怪，對人類而言，「旅行者」的存在，太過離奇也太難以想像了。

「阿海，我知道你感到不合理，是的，其實我也覺得自己的推理不太完整，Ｇ16的遊戲和棋類遊戲有著本質上的不同，Ｇ16用了大量色彩和程式語言，也就是存在著更多隨機狀況，如果要設計一個專屬它的ＡＩ程式，只會更加複雜。」

「嗯。」

「另外，我覺得這支 C-team 的ＡＩ又有些獨特。」

「獨特？」

「這是我單純的感覺……我覺得它像是有情感。」

「情感？你說ＡＩ有情感？」我失笑。

「我知道我這樣說很怪，但我發現他們第一次和第二次與你們對決的方式不太一樣，這並不是數據的結果，純粹是我個人感覺。」Argus 似乎也很困擾。「第二次擊敗你們時，我覺得它帶著某些情感，遊戲布局中帶著某些衝動行為，像是……它也期待著與你們對決。」

「越說越玄了喔。Argus。」我忍不住寫：「一個AI程式，又怎麼會有情感？」

「對，所以說我也搞不懂，這到底是真實的狀況？還是我的錯覺？」Argus 無奈解釋。

「等等，Argus，我也有問題想問你。」

「我？怎麼？」

「你到底是誰？」因為我知道 Molly 的存在，更覺得他的推理精闢到令人驚訝。

「一般人只是玩著G16，享受著G16與人對戰的樂趣，不會有人寫程式去分析特定玩家？」

「這是我的興趣喔。」

「是嗎？」我搖頭。「我們認識四五年囉，我知道你G16的操作技術確實高超，但比起遊戲的熱情，更常覺得你像一個旁觀者，你躲藏在某個位置觀察著整個G16世界。讓我感覺你其實是一個……駭客？」

「駭客只是一個統稱，我想說，我只是一個喜歡電腦的人，而G16更是我最喜歡的事物，喜歡裡面的玩家，所以我特別關注它。」

「嗯。」

「不過，如果因為我的觀察行為造成你的困擾，我可以道歉喔。」

「是不會……」說不會，其實倒是有一點，因為我們知道網路上的特級駭客其實功夫高超，他們如果鎖定了某部電腦或某個人，就有上百種手段可以駭入你電腦，竊取你資料，尤其是我只有一台平凡的個人電腦，完全沒有強大的防火牆資安防護。

「阿海，我對你是沒有惡意的。相信我。:)」Argus 送出了一個笑臉。

「嗯。」

「而且，也許有天我們會見面。」

「見面？」

「可能，就在不久之後。」

「不久之後？」我又感覺到 Argus 面紗下的神秘笑容，他是怎麼推測到我們即將見面？他又是根據什麼做出這個推論？

「等你見到我，」Argus 再次丟了一個溫柔的笑臉。「可別驚訝到下巴掉下來喔。」

「Argus，別賣關子啦？你到底要說什麼？」

「晚安，G16的老朋友。^___^」Argus 最後又丟了一個微笑。然後就下線了。

再一次，我在螢幕前發愣。

不久之後，我會見到 Argus 嗎？他的推理能力如此強悍，會這樣講想必是有憑有據，但我們又會以什麼方式見面呢？

於是這一晚，我帶著與 C-team 激戰後的滿足感，和 Molly 分享秘密之後的惆悵感，還有 Argus 吊人胃口的神秘感，進入了夢鄉。

不過我很慶幸，這是一場好夢。

我想是因為 Molly，我們一起打了一場Ｇ16，那快樂，無可比擬。

第十章 駭客戰帖

時間，轉眼又過了一個月。

這個月裡我和 Molly 又多了一個新的樂趣，除了四處探訪、聊天、討論人類與旅行者的差異，新的樂趣就是G16遊戲。

為了不再去惹到像是 Argus 這樣的觀察者，我們採用私下的一對一比賽。

結果可想而知，我老是輸家。

Molly 的升級速度無懈可擊，加上對一千八百種地圖瞭若指掌，我無論怎麼變化戰術，都沒有辦法跨越她這堵高牆。

幸好，我是一個對遊戲刺激度感興趣，但對勝負較為釋然的人，我只要能夠把 Molly 逼到手忙腳亂、甚至露出一絲敗象，就已經心滿意足了。

而也是透過和 Molly 對戰的紮實訓練，或是我從 Molly 身上看到了各種突破極限的可能性，偶爾我回到正常的G16戰場與阿凱組隊戰鬥，也常會嚇到阿凱。

「阿娘餵啊，你怎麼又變厲害了，你是吃了什麼？不管你吃了什麼，都給我來一打！」

「開玩笑，我以前只是讓你三分，老虎不發威，當我病貓？」

「喔臭屁喔，來來再一場，」阿凱大喊：「我還有兩百多種奇襲戰術沒有用呢！讓老子來痛宰你！」

偶而，C-team 也會出現，但他們已經不限定和我們對戰，而是如同以往的接受各方玩家邀約，然後再次以君臨天下之姿將那些玩家橫掃。

但最大的不同處是，C-team 不再目中無人到令人髮指，而是每次戰鬥完後，都會謙卑而禮貌的說：「謝謝，這是一場好比賽。」

第一個收到 C-team 感謝的玩家，是日本的玩家，他們驚嚇之餘，還把這段對話截圖，貼在G16的網頁上，並下了一個標題。「人類歷史改變的瞬間，C-team 說謝謝了。」

當然，這是因為 Molly 改變了。

她的改變，我感受最為清楚，很難想像半年多前她是一個凡事都只會先回「問題不明確」的旅行者程式，現在的她真的如同一個人類，與我談笑，與我聊網路，與我聊現實。

對我而言，只差一個人類的軀殼，她就是人類了。

可惜，她終究不是。

想到這裡，我內心總是有些缺憾，我想 Molly 也是這樣想的，所以我們會在關鍵時候，巧妙的岔開這個話題。

我們把話題專注在許多更有趣的地方，我們以喵喵人的名號去網路上行俠仗義，懲罰以網路行惡之人，那些躲在螢幕後面重傷他人、污衊他人的混蛋，被 Molly 輕而易舉地揪出，然後以喵喵人的方式制裁。

或是透過網路做點小小的善事，孤兒院匱乏的物資，喵喵人會轉送到能提供幫助的人的螢幕上；發生重大疾病時醫院欠缺的設備，喵喵人也會在網路裡暗中穿針引線，讓大企業得以捐錢發揮他們的社會責任。

生活很平靜，也很快樂。

轉眼，就已經一個多月了。

但就在這陽光普照，偶有小小風浪吹拂臉頰的日子裡，一團巨大而深沉的烏雲，卻已經悄悄從遠方逼近。

一場最猛烈的暴風雨，終於要來了。

這場暴風雨的起點，是一個被網路的人所封印、刻意遺忘，有如無光深海的地域。

這裡是「暗網」。

而且觸動整件事的起點，更是一個我萬萬沒想到，卻也是無比熟悉的地方。

我日常工作之所，我的公司。

這一天早上，我才踏入公司，就感到氣氛詭譎。

因為生活習慣的關係，我到公司的時間，會比一般同事提早約半小時到一小時。

我抵達公司時，通常辦公室空蕩蕩的沒有幾個人，只是人雖然不在，但我卻知道辦公室內有九成的電腦是開機的。

他們電腦之所以不關機，並不是嫌地球不夠熱，或想要把北極熊逼到絕路，而是因為我們工作需要電腦長時間來「跑資料」。

所謂的跑資料，就是丟一個很複雜很龐大的計算程式給電腦運作，通常一跑起來沒有五六個小時不會結束，因為太耗時，所以辦公室內的工程師同事都會利用下班後的時間讓電腦運作，運作一整個晚上之後，第二天再來收資料。

這行為有點像農夫，離去前在農地澆了水，等到第二天才來收成。

也因為知道大家有跑資料的習慣，所以通常我一早進到辦公室時，總能感覺到空氣中微微震盪的電腦運作氣息。

但，就是這一天早上，整個辦公室，卻靜默的讓我感到莫名心驚。

所有電腦都是關著的，螢幕一片漆黑，風扇的低吟聲也沒有……這表示辦公室全部的電腦都關上了，發生了什麼事？

我有點疑惑的走到座位旁，這時阿凱還沒來上班，我忍不住拿起手機，丟了一個訊息給他。

「喂，阿凱，今天早上公司所有的電腦都關著，你知道發生了什麼事嗎？昨晚有停電嗎？」

阿凱遲了幾分鐘才回訊。

「昨晚有停電嗎？應該沒有。啊，聽你一說我才想起有件事……聽說昨天半夜，整個公司裡的資安工程師團隊，都一起被緊急叫到公司來！」

「資安？」我抖了一下。

資安，全名「資訊安全」，也就是公司中專門架設防火牆，抵禦各方網路病毒的專業人員，他們半夜全都被緊急召來？這不就表示……

同時間，當我想繼續詢問阿凱有什麼情報時……我看見了雅君學姊，還有幾個更高階的主管，竟然同時從辦公室的會議室中出來，我下意識的再看一眼自己的手機時間「7:25」？我們公司表定上班時間是八點半耶，這麼早的時間，怎麼可能這麼多主管都到齊？

昨天晚上，究竟發生了什麼事？

其中雅君學姊的神情尤其嚴肅，她拿著手機，正用英文和電話那頭說話，因為我們的母公司是美國，所以大老闆是美國人，推測雅君學姊正在和大老闆說話。

只是讓我更不解的是，通常大老闆只會和台灣最高層的主管說話，雅君學姊只是設計團隊的領導者，她位階不算高，通常不會和大老闆直接對話的。

如果會，代表一件事，昨晚發生的事情，主要受災區塊正是「設計」部分。

資安？設計部門？我畢竟是直屬於雅君學姊下面的人員，我感到心臟不自覺地加快了。

不只如此，當我從雅君學姊的話語中聽到幾個單字，更加強了我的假設。

「防火牆」，「低空衛星」，「潛入」，「破壞」，「資料流失」……

聽到這些字，我心中隱隱有了底。

昨晚公司恐怕被駭客入侵了，而且駭客的目標不是數據資料，不是一般已經在市面上流通的產品，更不是一般的勒索，而是直指向本公司當前最重要、最機密、也最核心的一個計畫。

LEO，低空衛星設計開發計畫！

因為這計畫的技術難度太高，高官們已經無法親口說明，必須讓整個技術團隊的負責人雅君學姊，來親自對美國的老闆解釋。

我躲在自己的辦公桌後面，心臟怦怦的跳著，「低空衛星開發計畫」在我們公司雖然是隱密低調的計畫，但事實上它往外牽連甚廣，地域上橫跨亞洲、美洲、歐洲，市場上甚至包括商業、軍用、民生，更有許多世界知名的大公司投入計畫之中。

低空衛星，等同是一場網路的進化革命。

每一次科技的進化革命，也代表著極度驚人的商機，也難怪會引來那些棲息在網路深處，邪惡，破壞力強，又極度貪婪的一群惡鬼駭客。

我躲在遠處，聽著雅君學姊不疾不徐地解釋著，雖然只是隻字片語，但我也聽出一些大概，因為我們公司也參與了低空衛星計畫的一部分，所以我們不只拿到一定程度的機密資料，也被授與進入核心伺服器的部分權力，駭客可能就是鎖定這點，想從我們公司進行突破。」

原來，我們能夠進入低空衛星的核心伺服器啊？好酷喔。

只是，我忍不住納悶，這些深藏在黑暗彼端的黑帽駭客，就算能夠瓦解我們公司的資安，又憑什麼入侵低空衛星的伺服器？此刻低空衛星的網路仍處於未開放的狀態，機密資料更被鎖在一層又一層厚如鐵塔的防火牆之後。

也許他們入侵了我們公司，獲得了破門而入的授權，但又怎麼能繼續破壞堅若磐石的伺服器運作？

就在我感到困惑之際，我聽到了雅君學姊講了一個英文單字，這單字因為平常太少聽到，一瞬間我還沒有聽懂。

幸好，這單字頗為冷門，連對面美國老闆都再問了一次，雅君學姊也再說了一次。

而這一次，我倏然聽懂了。

Orthrus。

瞬間我的背脊戰慄，是它嗎？

數年前曾經在防毒軟體大賽中，連夜之女神Ｎｏｘ也束手無策的病毒，更大肆破壞了世界股市，逼迫全球斷網四小時，損失數百億美金，只為終止它的作亂。

後來更讓各大防毒軟體公司與駭客們簽下一紙神秘契約，讓這個不該出現在世上的地獄病毒，澈底消失封印。

萬萬沒有想到，我竟在這裡，又聽到它的名字。

Orthrus，它是希臘神話之中的地獄三頭犬！

最強的病毒！

是它感染了低空衛星網路嗎？

Orthrus 在電腦界極度響亮，一聽到雅君學姊提到這個單字，所有的主管都露出戒慎凝重的神色。

但雅君學姊又繼續說明，大意上是，這群駭客只是帶著警告意味留下 Orthrus 這個單字，並未真的將這款病毒放出來，不然公司現在所有的網路可能都被破壞掉了。

聽到這段話，我鬆了一大口氣。

Orthrus 應該早就被消滅在電腦科技的歷史中，不可能再出現的。

接著雅君學姊又說了幾段話，大意是說，目前低空衛星的出資者，會派資訊的專家團隊來協助我們公司，共同清查駭客是從何處入侵的，並將資安的漏洞修補起來。

資訊安全的專家？我忍不住想，與其說是來補漏洞，實際上是來監視我們的吧？看我們之間有沒有駭客的內鬼？

這時，我聽到雅君學姊說了聲 bye，就掛上電話。

掛上電話之後，雅君學姊閉上眼，長長嘆了一口氣，可以想像她昨晚幾乎都沒有睡。

不過她閉上眼，也只是短短的兩秒，隨即就睜開眼睛，目光炯炯。

注視之處，正是我所在位置。

「阿海，所以，你都聽到了？」

「哈哈。」我笑著抓了抓頭髮，從辦公室的隔板後起身。「被妳發現了，我今天稍微早到了半小時，剛好聽到……」

「聽到也好，」雅君學姊淡然一笑。「你本來就是這個低空衛星團隊的一員，不過你應該懂了，我們被駭客盯上。」

「是啊。」

「所以，以後所有行動要更加保密。」雅君學姊看著我。「有聽到嗎？」

「遵命。」我舉起手，做出敬禮的動作。

「好啦，就這樣了。」雅君學姊的臉上帶著倦容。「等會資安工程師 Choas 會把所有的電腦都清查一遍，確定沒有病毒殘留，就會重新開啟，等一下其他工程師來，你再和他們說，九點到我辦公室，我來解釋一下。」

「嗯。」

「在那之前，可別提低空衛星的事情。」

「當然。」

「那……」

「等等，雅君學姊，我有個問題想問……」我突然想到一件事。

「嗯？」

「那些入侵我們公司的駭客，他們，有留下自己的名號嗎？」

「怎麼這麼問？」

「駭客如果以勒索為主，就會留下一定的記號，證明入侵者是自己，一方面要勒索證明自己的實力，二方面更可避免被其他駭客趁機冒名搶走勒索金額。」我說。「他們除了寫下 Orthrus 之外，還有留下什麼特別的記號嗎？」

「聽你這麼說……」雅君學姊想了一下，眼睛看向一旁的資安工程師。「Choas，你剛剛是不是說，有一個奇怪的中文字檔案，被放在伺服器裡面。」

「哪個奇怪的中文字？」我歪頭。

「有有，我有用手機把這張圖拍下來。」Choas 抓了抓頭髮，他是資安團隊的工程師，但我們私下知道他的技術高超，早已凌駕他的主管，只見他從口袋掏出了手機，用手指滑了幾下，「嘿阿海，給你看。」

「不懂，一般程式語言都是英文，刻意放中文字圖檔的目的是？」我困惑地接過了 Choas 的手機。

然後，眼睛看向了手機螢幕。

這瞬間，就是這瞬間，我的表情驟變。

「幹嘛？你看到鬼了啊。」Choas 似乎被我的表情嚇到。

「阿海，難道你認識留下這個字的駭客？」雅君學姊神情銳利，緊盯著我。

「不，我不認識……」我深深吸了一口氣。「只是這個字，真的很奇怪，難道這個駭客是來開玩笑的嗎？」

這個駭客真的只是來開玩笑的嗎？

因為，這個字，正是大半年來我最最熟悉的一個字。

「喵」。

☆★☆

利用空檔，我傳了這張「喵」圖給了Molly，我不確定她睡醒了沒有？抑或她又展開了新的旅行，正在美國五角大廈的國防部長電腦裡面，吃著美國的機密資料當早餐。

過了約莫兩分鐘，她回了我訊息。

「阿海，問題不明確，這是什麼意思？」

「有人駭進了我們公司的網路，目標是我們公司正在進行的低空衛星計畫，但駭客在伺服器裡面留下了這張圖檔。」

「……留下『喵』？這個人和我們一樣也喜歡貓？」

「不，不是的，我認為此人的目標是喵喵人，所以特別留了這個訊息給我們。」

「目標是我們……啊，對人類來說，這就是所謂的『下戰帖』嗎？」

我不禁佩服起 Molly 這半年對人類文化瞭解程度的激增，竟然連下戰帖都知道，但現在不是佩服的時候。「對！這駭客組織不是試圖想對我們下戰帖，就是想要透過這訊息把我們引出來。」

「但，動機是什麼？」

「我也不知道。」我搖頭。「而且這駭客不只留下這張喵的圖，還用提到了 Orthrus 這個單字。」

「Orthrus？原意是希臘神話中的地獄三頭犬，同時也是知名的病毒名稱。」

「對，我們猜測，他寫這個單字不會只是想告訴我們他熟知希臘神話，應該是病毒的意思。」

「嗯，Orthrus 病毒，確實是很可怕的東西。」

「妳碰過？」

「我沒有和它正面對決過……但我曾經去過某些電腦，而那些電腦是剛剛遭到它肆虐過的。」

「肆虐……」我吞了一下口水，Molly 用了一個好可怕的字啊。

「它破壞的不只是硬碟資料，它是直接找上主機板，並破壞整個電腦的基礎軟體架構，被它感染過的電腦，可以說是傷痕累累，更像是一枚不定時炸彈，隨時會崩壞瓦解，而且它感染力超強，可以在短時間內就感染網域內所有的電腦。」

「對，Orthrus在電腦界是惡名昭彰，但幾年前，各大防毒軟體公司和駭客組織已經達成共識，這也是唯一一次兩大對立陣容取得共識，就是把Orthrus徹底清除，並嚴禁再使用。我想，對駭客而言，Orthrus這種過度激烈的病毒也太危險，往往無法勒索到錢，就把對方的電腦先摧毀了。」

「不只如此，Orthrus也會摧毀駭客自己的電腦，駭客們自己庫存的資料，甚至是自己養的病毒，都會一起消失。」

「這麼可怕的東西，應該不會再出現了吧？」我聽得是頭皮發麻。「到底Orthrus是哪個混蛋創造出來的？」

「很多人都為此展開調查，卻始終沒有找到源頭，只知道Orthrus是開源型態的。」

「開源型態？」

「也就是它的病毒碼是被公開的。」

「等等，病毒碼被公開，不就很容易被破解？」

「是喔，但反過來說，也容易被改造，調整，甚至是進化……」

「誰會去做改造？」

「網路上的駭客們。最初的 Orthrus 本不具備那麼高的傷害力，是被幾個惡作劇心態的駭客將 Orthrus 的病毒碼重新編寫，不久之後，Orthrus 就突然侵入了幾個頗為知名的防火牆，引來更多駭客的注意。」

「然後呢？」

「因為病毒碼在暗網完全公開，幾乎人人可取得，所以越來越多駭客把它當成好玩的遊戲般改造，然後丟去各大網頁上測試，數年間，Orthrus 被改造了上萬次，上萬次的進化與突變後，它已經長成為一個極度可怕的怪物。」

「上萬次的突變……」我吞了一下口水，「所以 Orthrus 其實並非單單一名電腦天才創造出來的？它是上萬個駭客共同凝聚而來的，惡意。」

「它第一次被世人注意到，是防毒軟體大賽，那次大賽中，連最強防毒軟體夜之女神Nox都沒有抓到它。」

「等等，妳知道這件事？」我問：「我一直有個疑問，世界防毒軟體大賽，那時候我記得夜之女神抓漏了兩個異常程式，一個是 Orthrus，另一個是什麼……」

「另一個異常程式？那還用說……就是我啊。」

「啊！妳、妳在那台電腦裡面？所以第二個抓漏的，就是妳？妳竟然跑進那個賽場？」

「很奇怪嗎？那是一個有趣的環境啊，這麼多防毒軟體和病毒聚集在一起，怎麼能不去看看？我可是好奇心強的旅行者呢。」

「那不是很危險嗎？」我聽得都焦急起來。「隨便一個防毒軟體抓到妳，都可能破壞掉妳的結構啊。」

「並不會，一般的防毒軟體怎麼傷得了我？不過我也沒有預料到，會出現夜之女神Nox和 Orthrus 這樣的角色，但也是有驚無險啦。」

「有驚無險？」

「夜之女神問題是太過消耗電腦資源，雖然當時已經用上最頂尖的硬體，但同時有多款防毒軟體在運作，Nox一開始無法發揮實力，一直到後來經過激烈競爭後，她破壞掉其他防毒軟體，病毒也消滅掉大半後，才發揮出她九成實力。」

「那 Orthrus 呢？」

「Orthrus 這支病毒在經過上萬次突變後，已經變得很狡猾，它躲掉了所有的軟體掃描，最後夜之女神發現它時，它已經感染進電腦底層程式，這叫做病入膏肓，即使是夜之女神也無力將其驅除，最後人類承認，夜之女神無法捕捉住它。」

「原來，這就是當時防毒軟體大賽的真實情況……」

「而後，Orthrus 被放入了美國的股市，金融界的電腦連通到全世界的股市，而且防護弱到爆，那些銀行業的人只會玩錢，完全不懂資訊安全，Orthrus 在那一次爆發，就同時癱瘓了世界所有的股市。」

「後來我就知道了，我們被迫集體斷網四小時，驅逐 Orthrus 病毒，據說短短四小時的金錢損失，就高達數百億美金。」

「其實並不只如此，防毒軟體公司和駭客取得聯繫，他們原本就會互通有無，只是都是檯面下的，這次他們攜手合作，開始掃蕩全世界網路所有可能存在 Orthrus 的地方，每個防毒軟體都更新，一旦發現 Orthrus 就會回報給總公司，並以破壞力最強的方式進行清除。」

「對，那陣子作業系統還直接升級。」我想起來了。「莫名其妙的就強迫更新，然後更新超過八個小時，氣死我了。」

「說是更新，應該是在掃描 Orthrus 的存在，若是發現，就乾脆移除掉所有可能感染的區域，直接替換成新的。」

「那一次之後，許多老電腦都被迫退休，因為它們和新的軟體無法相容。」我嘆氣，那是一個痛苦的回憶。

「所以，你說這次駭客駭入了你們公司的電腦，並留下 Orthrus 的訊息，我覺得，是恐嚇的可能性較高些，真正使出 Orthrus 的機會並不高。」

「那就好。」我鬆了口氣。「也許，Orthrus 真的滅絕了吧？」

「不，我不認為 Orthrus 已經滅絕。」

「嗯？」

「因為網路有一塊『暗網』，在那裡深沉如夜，許多厲害駭客潛行其中，不只如此，暗網沒有律法，所以很多破舊的資料庫或網頁，早已沒有管理者卻仍未被關閉，它們就像是海底的沉船遺骸，沉船中曾運送著什麼禁忌的寶藏，已經無人知道，如果 Orthrus 還在，一定藏身在這些遺骸中。」

「暗網，真是一個神秘的地方。」我嘆氣。「雖然我知道許多人道救援物資要送入集權國家，需要仰賴暗網的聯繫，但那地方也太複雜可怕了吧。」

「正是。那阿海，你將駭客入侵你們公司的資訊分享給了我，接下來，你想怎麼做？」Molly 說。

「接下來，要做的事情就非常明確了。」我笑了。

「明確？」

「對，Molly 我要妳發揮旅行者探查的能力。去把那個冒充我們綽號『喵』的混蛋駭客，從網路上給揪出來吧。」

「我懂。抓出那個挑釁者，是嗎？」

把冒充我們綽號『喵』的混蛋駭客，從網路上給揪出來吧！

☆★☆

第二天，當我來到公司前，我問了Molly，我們該如何追查那名潛入我們公司駭客的行蹤？

「要找到那個留下『喵』的駭客，就得回到你們公司的網路。」

「為什麼？」

「無論再厲害的駭客，要破入防火牆，並且留下訊息，都會使用某些程式，只要程式干擾過你們公司的伺服器，必定會留下記錄。」

「可是，我們的資安人員說，除了留下關於Orthrus的恐嚇，以及『喵』這個字以外，那名駭客並沒有留下任何紀錄。」

「那是以人類能窺見的記錄而言……」

「人類……」

「人類只能閱讀數字和文字，厲害的駭客確實會刪除這些資料，但侵入後留下的軌跡可遠遠不只這些，它可能搬動了某個資料夾的位置，可能製造了某條異常的路徑，可能讓某個程式碼的順序改變了。」Molly 解釋：「這些改變，電腦的磁軌會記住，但人類卻看不到。」

「電腦的磁軌會記住，但人類看不到……」我好像有點懂了，「就像是小偷闖了空門，明明沒有偷走任何東西，但房子卻已經留下某人進來的痕跡？」

那痕跡可能是，門鎖被小偷撬得微微往左旋，地板的地墊和原本的痕跡會偏差兩公分，二樓小孩房間的鬧鐘時間被挪移了一分鐘……

「正是，這就是電腦的世界。」

「所以，Molly，妳覺得要查到那個駭客的行蹤，就得回到房子裡面，因為裡面一定有那位駭客的線索？」

「正確，我預計今天早上會進入你們公司的伺服器。」

「今天早上……等……等一下……」突然間，我弄懂了 Molly 的意思。「妳要怎麼進入我們公司？妳不會是要……」

「是的。:P」Molly 給了一個吐舌頭的笑臉，好調皮的感覺。**「等一會，我就會像那個駭客一樣，駭入你們公司。』**

現在連我都有點緊張，雖然我什麼都不用做。

以往看網路上的電影，Molly 其實可以透過我的權限進入我們公司的網路，但 Molly 卻堅持說不必。

「這樣你也會被懷疑的，況且，我相信你們公司的網路不是什麼銅牆鐵壁，我一個人應付得了。」

於是，當我來到了公司，在椅子上坐好，準備開始一日的工作時，我看到手機頁面送來了 Molly 的訊息。

「阿海，你們公司的網路防護還不錯喔。」

「真的嗎？」

「防火牆架設得非常紮實，定期維護提升防護，Bug 也不多。」Molly 寫到。「真難想像那位駭客只用了一個晚上，就侵入你們公司的防火牆，甚至進入可以在伺服器中留言。」

「我們公司的防護這麼厲害啊！那改天我要去稱讚一下 Choas。」

「Choas？」Molly 問。

「我們家的資安工程師。」我寫到。

「瞭解。防護確實不錯，花了我一百二十四秒才找到六個漏洞，我準備要進去了。」

「請小心。」

看到 Molly 準備進入我們公司的伺服器，坦白說，我的心情是緊張的。畢竟 Molly 對我而言，已經像是一個實際存在的女孩，她不再只是一個程式，真的被捕捉或清除，我會非常心痛。

而她如今要踏入的，正是一個存在著一定風險的地域，這地域有像是 Choas 的守門員，也有一層層專門捕捉入侵程式的防護網。

「沒問題的。:)」Molly 給了我一個笑臉。「我連美國五角大廈，克里姆林宮，北韓領導人的個人電腦都去過，這裡對我而言，像是一間公寓，公寓裡的每道門都沒有上鎖。」

「這比喻蠻妙的。」我忍不住笑了。「妳是闖空門的小偷，每台電腦的防護都擋不住妳的意思嗎？」

「沒錯。」Molly 寫到。「不過我不是要偷東西，我是要找出前一個小偷的痕跡。」

對，前一個小偷。

這小偷還留下了一個該死的喵字，試圖假冒我們喵喵人來行惡，不可饒恕。

於是，我一邊上著班，修改著設計圖，和同事討論工作內容，一邊注意著手機裡 Molly 隨時送出的訊息。

「阿海，我已經完成百分之二十的資料庫掃描，目前還沒有發現假冒者的任何訊息。」

「阿海，我完成百分之四十七的搜尋，沒有發現。」

「阿海，我完成百分之六十三的搜尋，沒有發現。」

「阿海……」

就在我不斷注意著 Molly 訊息時，忽然一個熟悉的人影，從我座位旁的隔間冒了出來。

「欸，阿海。」

「幹嘛!?」我嚇了一跳，抬起頭，發出聲音的正是坐在我隔壁，行事風格我行我素的漂泊單身男，阿凱。

「你注意到了嗎？」阿凱對我努了努嘴巴。

「注意到什麼？」我一愣。今天公司有什麼異樣嗎？

「天啊，你真的沒有注意到！你真的是男人嗎？你是正正常常二十幾歲的男人嗎？」

「什麼意思啦。」我翻白眼。

「好吧，看在你真的沒注意到，我們又是多年老友的份上，我就和你明說了。」阿凱神秘兮兮地說。「你沒發現，我們公司今天多了一個女生啊。」

「女生？」我先是一呆，然後笑了。「就一個女生，你幹嘛？三百年沒見過女孩子了？可能是別部門的新人啊？」

「NONONO，我可是上天下地無所不知道的阿凱，從總經理今天襪子的顏色，到掃地阿姨鍾愛哪一支拖把我都知道，隔壁部門的新人不是女生！是一個一百一十公斤的壯漢！」

「那，那會是人資的妹妹嗎？」

「人資從姊姊到妹妹，我全部都認識。」阿凱拚命搖頭。「那女孩不是人資部門的。」

「唉呦，就公司裡面多了一個女生走動，幹嘛那麼緊張？」

「怎麼能不緊張！這就是你不對了，阿海。」阿凱正色以對。「你不知道我們做工程師的，出現女生有多麼稀奇嗎？更何況，她是一個足以和雅君學姊抗衡的理工系美女。」

可以和雅君學姊抗衡的理工系美女？

我聽到這句話，眉毛倒是揚了起來，會有這樣的反應，是我知道阿凱這幾年對雅君學姊的傾慕。

雖然阿凱總是喜歡用玩笑的語氣訴說他對事物的觀感，但他對雅君學姊的那一份真摯的感情，我卻是能深深感覺到的。

雅君學姊那俐落專業的身影，正是阿凱心中的女神模樣，從他口中說出，能夠和雅君學姊抗衡？我的天，這是一句多大的讚美。

衝著這句話，我確實應該去偷瞄一下那女孩，她如何在短短的一個早上，幾個遠遠看去的側影，就打動我們家漂泊男子阿凱的心。

「好啦，都聽你這樣說了，那個女孩在哪？」我暫時放下手機，站起了身子。「我找機會去那一區繞繞。」

「她早上都和 Choas 在一起，在辦公室的許多地方走來走去。」阿凱說。「Choas 好像在和她介紹著什麼，乍看之下，她像是資安工程的新人，但我知道資安工程沒有找新人，真是奇怪。」

「和 Choas 在一起？」

我突然想到了昨天早上，雅君學姊和 Choas 所談的，因為公司的防護遭到駭客突破，所以低空衛星的總公司派遣了他們的資安高手來，難道……

「阿凱，你所說的那女孩，可能不是簡單角色，她可能是……」我看著阿凱，正要提醒阿凱，他眼中那個氣質外表足以和雅君學姊匹敵的女孩，可能不是小貓而是獅子時……我突然從阿凱眼中看見了驚愕。

「阿海，阿海……」阿凱嘴巴撲嚕撲嚕的，像是一條魚發出古怪的聲音。

「幹嘛？你看到鬼了啊。」

「不是，不是。」阿凱的手慢慢朝我背後指了過去。「她，她……」

「誰？」我回頭。

「那女孩朝著我們，直直走過來了。」

是的，當我回頭，赫然發現，阿凱口中那位神秘的女孩，已經就在距離我三步之遙的地方。

也是在這一刻，我明白阿凱所謂「能和雅君學姊抗衡」的意思是什麼了。

雅君學姊身材高挑纖細，一百七十公分的身高，配上一頭帥氣長髮，時不時綁成馬尾，配上她喜歡穿著剪裁簡單乾淨的襯衫，說多帥就多帥。

而眼前這女孩呢？她同樣帥氣，但那種帥氣卻和雅君學姊各有擅長，她留著齊耳的短髮，身材嬌小約莫一百五十公分，眼睛又大又亮，皮膚黑得發亮，讓她給人一種衝浪女選手的直覺。

和雅君學姊的共通點，大概就是一身簡單俐落的造型，還有那專屬於科技人，專注且冷靜的眼神。

她就這樣站在我和阿凱的面前。

這一次，身旁沒有 Choas。

「啊，啊，啊……」阿凱大概極少有機會與陌生又心儀的女孩這樣面對面站著，平常口若懸河的他竟然只能發出啊啊啊的怪聲。

而我呢？我只是不懂，她如果真是低空衛星總部找來的頂尖資安好手，為什麼要來到我和阿凱面前。

而且，我從她的眼中，找到一絲笑意。

那是熟悉且調皮的笑意。

而我相信，不用我開口，她就會告訴我，她之所以站在我和阿凱面前的真正答案。

「嗨，阿海，」她看著我，眼中的笑意更濃了。

「妳怎麼知道……我叫做阿海？」

「當然知道，而且，你還記得我對你說過的話嗎？」

「妳說的話？」我發愣了，我和她曾經說過話？是哪裡？某次捷運站問路？

「也許有天我們會見面，可能就在不久之後。」

「啊……」當這句話在我記憶中開始發酵，剎那間我眼睛睜得好大。

「到時候，可別驚訝到下巴掉下來喔。」她微笑著，然後，伸出了手。

「嗯。」我也伸出了手，和她纖細但隱藏著力量的手握在了一起。

「我就是G 16的Argus，」她看著我，露出可愛又帥氣的微笑。「幸會，Hercules。」

☆★☆

幸會。我呆呆地看著Argus。

女生？資安工程師？電腦天才？

突然間，許許多多的線索都串連在一起了。

包括在遊戲時，我所感受到Argus特殊的「溫柔特質」，還有她用直覺猜出KZ事件與我有關，甚至是她憑藉特殊手法試圖破解C-team的身分。

都再再證明，Argus不只是一個宅男玩家，她是居於網路世界頂端的高手駭客，而且還是極其珍貴的女生駭客。

如此珍貴，萬中無一，有如至寶的角色，竟然出現在我面前，伸出她的手與我的手相握。

「阿海，你的手很有力，和我想的一樣，我好早以前就想見你們了。」Argus笑容很燦爛。「好不容易，在這裡見到了。」

「妳早就想見我們？」阿凱終於慢慢從 Argus 是個美女的震驚中恢復神智。「真的？所以妳早就知道我們了？」

「嘻嘻，是啊。」Argus 說：「我早就知道你們在同一家公司上班，而且還是大學同學。」

「啥，妳偷窺我們嘛！」阿凱大叫。

「不用偷窺好嗎？」Argus 淺淺一笑。「雖然厲害的資安工程師，往往具備一定程度的駭客能力，但阿凱你啊，把你祖宗十八代的故事都寫在網路上，我只要輕輕搜尋一下，再比對一下G16裡面的 Jason，所有答案就出來了。」

「是，是嗎？」阿凱搔了搔腦袋，他眼光看向我。

而我回了一個「對！就是如此！」的無奈笑容。

阿凱這傢伙嘴巴超大，不管是現實生活或是網路上，壞處是我的身分也跟著被他洩漏光光，但好處……是他是一個真誠的人，我喜歡真誠的人。

「那，」Argus 的眼光看向我，大大的眼睛中，有著笑意。「在辦公室不好聊，不然，一起吃晚餐？」

「……」我還沒有回答，阿凱就搶著回答了。

「好！沒問題！這附近妳熟嗎？不然我來找餐廳。」阿凱完全從震驚中復原了，果然是像蟑螂一樣打不死的頑強分子。

「那就交給你囉。」Argus 微笑。「那阿海你來嗎？」

正當我猶豫之際，我注意到我手機的螢幕閃爍光芒，那是 Molly 傳來的訊息，不知道她發現了什麼……

「好。」我也回視 Argus 那雙帶笑的大眼睛。

「太棒了。」Argus 雙手拍掌，「今天 Choas 會讓我登入你們公司伺服器，我會開始檢查漏洞，但別擔心，我一定會準時下班的。」

「一定要喔。」

「等等，Argus。」我看著 Argus，腦海突然升起一個問題想問。「所以，妳真是低空衛星總公司派來的資安人員？」

「是啊。」Argus 一笑。「正確來說，我們是一個團隊，但我是特別來看看環境，嗯，順便看你們兩位囉。」

「唉呦，這樣講我們會不好意思啦。」阿凱搶著說：「想看看我說一聲，我傳照片給妳就好啦。」

「那 Argus，妳使用網路很厲害？」我不理阿凱，繼續問道。

著。

「略懂略懂。」Argus 的大眼睛瞇起，我看見她眼中那專業冷靜的自信。

她的眼神已經回答了我的問題，她是高手。

我下意識微微握緊了手機，手機螢幕仍然閃著光，表示 Molly 仍在伺服器中穿梭

我不確定 Argus 有多厲害，但直覺告訴我，得叫 Molly 盡快離開才行。

等到 Argus 離去，我坐回椅子，打開了手機，裡面是 Molly 傳來的四五則訊息。

「阿海，我已經搜索了百分之八十二的區域，目前尚未有所發現。」

「阿海，百分之九十了，我要說，這駭客挺厲害的，幾乎沒留下什麼痕跡。」

「阿海，百分之九十六，咦，這裡有個地方有點奇怪。」

「這裡有異常刪除的痕跡，看樣子就是從這裡進去的，阿海，我要進去看看。」

「好奇怪，這個駭客……」

同時間，我手指在螢幕上來回按壓，將 Argus 在我們公司的事情和 Molly 報告。

「Molly，低空衛星的總部派來了資安工程師，她叫做 Argus，她是一個高手，妳不要久留了，快點離開我們公司的伺服器。」

「等等，我發現線索了，只是很奇怪，駭客怎麼會從這裡進來？」

「Molly 快點！Argus 可能很厲害，她如果取得了我們公司管理者的權限，她立刻

會開始掃除整個網路的。」

「這樣的入侵方法，不是一般駭客能做到的。」Molly 的話語仍不斷從手機中透露出來。「如果真的是這樣，那 Orthrus 復活的事情，恐怕是真的。」

「Molly！快點！」

「再給我一點點時間，我快找到源頭了，那個駭客可以從這麼特別的地方進入伺服器，最關鍵的證據……」

一點點時間是多久？我感到心跳加速，還是我該現在衝去找 Argus，分散她的注意力？替 Molly 爭取一點時間？

但，在我起身去找 Argus 之前，我的手機突然登的一聲，跳出了一則非 Molly 發的訊息。

傳訊者，竟然就是 Argus 本人。

「阿海，偷偷和你說一件事。」

「什麼事？」

「果然，你們公司的伺服器裡面還有潛藏的程式，也許是之前駭客留下的木馬程式，準備隨時竊取你們公司的資料。」Argus 這樣寫的。

「潛藏的程式？」我心裡抖了好大一下。

「對，我來抓它了。」

我來抓它了？

難道……正當我手指快速移動，要提醒 Molly 快逃時，手機螢幕已經跳出了 Molly 的訊息。

「啊！伺服器緊急關閉！管理者封閉了所有逃生路口！阿海！糟糕！我被人發現了！」

（未完待續）

番外篇　她的回憶，那個名為J的電腦

他，喝著咖啡，想著未來。

對世界而言，他是科技的創意之父，他是改變人類生活的偉人，他是驕傲而嚴苛者的表率。

但對他而言，自己只是一個會不斷思索未來的人。

記得數十年前，這世界上想要聽隨身聽，只能使用光碟片，那是一個比成人手掌還大的厚重機器，是他把機器變成名片尺寸的小方塊，讓每個人可以塞入牛仔褲的小口袋。

又是多年前，當世界的筆記型電腦正和桌上型電腦進行銷售激戰時，他卻把手機的功能縮到了四吋大小的方塊中，那個方塊名字就叫做智慧型手機。

他把自己的創意，化成一顆被咬了一口的蘋果，確確實實的改變了人類的世界。

而現在的他，正坐在電腦螢幕前，螢幕上有兩個資料夾，一個是他最近才收到的健康報告，一個是他專門用來記錄未來創意概念的收集盒。

諷刺的是，他的收集盒中的那些概念圖，可能會被實體化、普及化、商業化，成為世界燦爛繽紛的未來。但，他的健康報告卻告訴胰臟多了些白影，那是危險，悲傷，象徵著未來即將終結的符號。

但就算如此，他仍沒有打算停止思考未來，因為這是他想做，喜歡做，是天賦驅動的本能。

不過，如今他確實遇到了瓶頸。

他已經創造了智慧型手機，改變了世界人們的習慣，人們用手機記帳、拍照、和親友聊天，已經完全融入了生活，不只如此，是手機的發明讓網路幅員更為遼闊，變成人們的日常。

但，他不滿足於此。

他想像中的未來，不只是讓人們帶著手機上網，讓手機成為一個發達的工具，他要手機和人類更親密，讓手機更貼近人類，甚至是更主動……

為此，他已經煩惱了好些日子。

他要的未來，隱約有了輪廓，仔細看去卻是模糊不清，這是身為頂尖工業設計者的他，最痛苦的時刻。

況且，他的健康報告也正透露，他沒有時間了，在他碰觸到想像中的未來以前，也許死神就會在暗夜敲門，讓他的未來一夕崩解。

不過，他最近開始覺得奇怪……

他的電腦，好像有點不太一樣。

說不一樣也不對，因為每個檔案，每個資料夾，都依然有條不紊地待在原處，資源回收筒中，也沒有多餘被刪除的不知名檔案。而且，他知道自己的電腦享有現今最高規格的安全防護，畢竟裡面的創意可能價值百萬美金。

但，他就是無法抑制那種「被窺看」的感覺。

這不是帶著惡意的窺看，那像是一種頑皮的小孩，從門縫中偷偷看他背影的感覺，不討厭，甚至有點有趣。

是因為身體出了狀況，所以想太多嗎？還是因為最近太煩惱「未來」，以致產生了錯覺？

他找來公司內資安工程師來檢查，那位工程師經過幾次掃毒，硬碟重組，逐層確認架構後，對他說，電腦真的安全，沒有駭客或病毒的蹤跡。

就算如此，他仍無法減少「被窺看」的感受，那是一種直覺，有一個小孩正偷看著他，而且不是那種鬼魂的靈覺，而是一雙充滿好奇的大眼睛，就在電腦之中，對一切事物，無害且認真觀察著。

就在這一晚，他決定放下科學至上的邏輯，做了一件特別的事。

他打開了他電腦中的「筆記本」，這是最簡單的程式，卻也是最重要——可以書寫一切，包括各種語言，包括程式語法，都可以書寫的程式。

他寫下。

「嗨，如果你在看我，請告訴我。」

然後他開始等待。

一小時，兩小時，四小時……筆記本上，沒有任何回應。

直到他倦了，爬上了床，去公司聽著無趣的董事會報，再次回到電腦後，已經是隔天二十四小時之後了。

他看著被留在電腦螢幕上的那個筆記本檔案。

「嗨，如果你在看我，請告訴我。。」

同樣的句子，同樣的話語，同樣的……他發現了有個地方不同！他是追求完美設計的人，所以那個微妙的不同，他發現了。

象徵著句子結束的句點，增加了一個。

這會是他昨晚自己打錯字嗎？不，他知道他對自己嚴苛的要求，不會犯下這種錯誤。

於是，他用著顫抖的雙手，又寫了下一則留言。

「嗨，你是誰？請告訴我。」

回應，同樣等到第二天晚上，一樣的句子，竟然再次發生了變化。

「嗨，你是誰？請告訴我。我。」

他感到驚訝，這次不只是句點，連「我」都多了一個!?代表那雙窺看的眼睛，確實存在？但那是什麼？難道是鬼魂嗎？又覺得不像。

於是他再次留下了新的留言。

「嗨，我是J，我想知道你是誰？為什麼要到我的電腦？」

二十四小時後，他再次發現留言被改變了。

「嗨，我是J，我想知道你是誰？為什麼要到我的電腦？」

嗨，我是J，我想知道你是誰？為什麼要到我的電腦？

這次不只是一個句點，或是一個字，這神秘的窺視者，已經複製整個句子了。

「我是J，我想認識你。」

他滿懷期待的等到了第二天，接著他驚喜了。

「我是J，我想認識你。」

「我是J，你想認識我。」

句型變化了？J感到興奮，他有種「窺視者」正在進化的奇妙感覺，從複製符號，到複製文字，然後複製句子，接下來開始對句子進行了變化。

就像一個小孩，正努力地牙牙學語著。

從那天起，J開始每日留言，有的句子長，有的句子短，而每一次都可以感覺到偷窺者不斷變化句子，不斷進化，不斷學習使用人類的語言。

但就在不斷期待新改變的同時，J的身體卻殘酷的每況愈下，沉默的臟器如今不再沉默，化成燃燒他身體的巨大火炬，要將他燃燒殆盡。

而J雖然身體狀況逐漸惡化，但他卻依然固執地每天寫著一句話給那名神秘的偷窺者。

也就在兩週後，一個令J驚喜的改變，就這樣出現了。

「我猜想，你不是人類，你知道人類分為男生與女生嗎？如果你有性別，你會是男生？還是女生呢？」

也就是這一天，這個神秘的偷窺者，沒有複製J的對話，她竟然給了一個截然不同的答案。

「**女生**」

J欣喜無比，不只是因為這神秘的偷窺者是有性別的，而是偷窺者，已經從模仿進化到理解，再從理解進化到能夠溝通。

而從那天起，這位偷窺者的溝通能力不斷增強，J越來越能夠和她說上話。

「妳是誰？」

「我是誰？」

「妳有名字嗎？」

「我沒有，名字。」

「沒有名字？那妳喜歡什麼？」

「我，喜歡，移動，學習。」

「學習什麼？」

「學習知識，人類的，知識。」

「妳喜歡移動，也喜歡學習，所以妳喜歡旅行。」

「旅行？我喜歡，這個詞。」

「那我現在開始，就叫妳旅行者吧。」

「旅行者，好，好喜歡的名字。」

這段歲月，J其實已經半臥在床上，時不時需要幾管點滴掛在他細瘦的手臂上，但他的精神卻是亢奮的，快樂的，充滿好奇的。

他沒有把這個神秘的體驗分享給任何人，原因是他怕醫生以為他病入膏肓，會開精神相關的藥物給他，那是會讓他銳利的腦袋變得遲鈍的爛東西。

J喜歡和這個程式聊天，用網路的筆記本，慢慢的一來一回，這名女程式很特別，她的學習速度驚人，好奇心強烈，宛如人類嬰兒，在相處的過程中，J漸漸明白，這就是他所追求的。

這就是他要的未來，未來的輪廓，正在逐漸清晰。

時間又過了一個多月，正當J的身體狀況更為下坡，一天有將近一半的時間昏昏沉沉，女程式的進步卻又更加顯著了。

不只如此，她更展現了令J訝異的能力。

例如，有次J在對話中談到……

「不知道這次對手商品的設計圖好不好？」

「問題不明確，對手商品？」

「對啊，就是我們公司的對手，他們明天就要公布商品了，雖然銷售量已經比不上我們蘋果，還是會好奇想知道。」

「嗯，好喔。」

原本J以為話題就此結束，沒想到就在當天晚上，J發現自己電腦桌面上多了一張圖，這張圖以J的眼力，頓時明白是一張絕對機密的設計圖，就是對手明天即將發表的設計圖。

「妳偷來的？」

「偷？」

「呵，妳不懂人類，對人類而言，這東西就是偷。」J微笑，他並沒有生氣，「我並沒有反對妳偷，但記著一件事，妳這樣的能力，絕對要保密，不然這世界上所有的資安工程師和駭客都會追殺妳的。」

「追殺？」

「就是想要把妳捉起來，關起來，把妳當實驗品研究，或是利用妳去偷更多東西，妳不想這樣吧？」

「不喜歡。」

「對，那妳就必須保密，妳可以輕易突破防火牆，潛入任何一台電腦的事，都必須保密。」

「好保密。」

女程式展現的能力，不只是可以輕易潛入他人電腦，另外一次，J把他們公司設計的草圖放在螢幕上，之後因為身體不適就睡了，等他起床，赫然發現設計草圖上，竟然有了改變。

圖面的弧度變得更銳利，一些雜亂的線條被修掉，原本最卡的鏡頭更被移到適合的位置，J好訝異，他問。

「嗨，這是妳改的嗎？」

「是。」

「為什麼妳懂工業設計？」

「問題不明確，工業設計？」

「嗯，妳怎麼知道鏡頭要這樣移動？」

「因為數字，計算，比例，調整。」

「啊。」J瞬間懂了。「妳不知道工業設計，但是妳擁有最純粹的計算能力，所以只是透過計算找到最完美的組配？」

「嗯。」

「哈哈哈。」J在此刻放聲大笑，笑到他已經虛弱的身體，都因此咳嗽起來。「妳真的太有趣了，妳就是未來，妳是我想看到的未來。」

「未來？」

「對，一個可以聽懂人類語言，與人類聊天，幫助人類解決問題的程式。」J邊笑邊咳嗽，「如果每台手機都有了妳，人類就不再孤單了。」

「孤單？」

「對啊，但要和妳解釋孤單太困難，未來也許有一個人能告訴妳，不過，我的壽命真的快到了，唉。」J嘆氣：「也許看不到這樣的未來了。」

「人類的壽命，有限。」

「嗯。壽命就是上帝給人類的限制器。」J溫柔地笑了。「但妳沒有。」

「嗯。」

「可惜，到最後都只能和妳在電腦上用筆記本對談。」J笑容依然溫柔。「如果可以，真想聽聽妳的聲音。」

「聲音？」

「對人類而言，聲音比語言更早誕生，在嬰兒認識語言之前，就聽過媽媽的聲音了。」J微笑著，「如果可以用聲音溝通，那就更美妙了。」

而就在此刻，J彷彿被雷打到一樣，他剛剛自己說了什麼？

聲音？

未來？

女程式？

對，這就是，他要的未來。

J抓起旁邊的手機，開始打電話，電話通向公司最高科技長手中，對方先是訝異以J此刻的身體狀況竟然還會打電話，但隨即J所說出的內容，卻讓科技長深深震撼了。

J急迫地說著，彷彿深怕自己隨時會離開般不斷地說著，說著他剛剛領悟到的一切，說著困擾他數月終於露出曙光的未來模樣，說著他要科技長幫他完成的事。

最後，當J一口氣說完，累到無法再開口時。

只聽到科技長電話那頭帶著崇敬又像是對老友開玩笑的語氣。

「J，我很想說，我只是幫一個垂死的老人完成心願，但其實不是，你這點子，是我聽過最酷，最帥，最令人期待的。媽的，你這小子，到這個時刻，還是不放棄想要改變世界？是吧？」

J笑了。

因為他知道他的老友，科技長，絕對會替他完成這個艱鉅但有趣的未來。

☆★☆

數個月後，J被送入了醫院，而這一次，他已經無力離開了。

正當他身上掛滿了維生設備，已經意識不清時，科技長終於來了，他帶著一台外型粗糙有如原型機的手機，急奔到了醫院。

「嗨，J。」科技長拿著那原型機，背後站著幾個看起來幾天沒睡的工程師，「你要的東西，終於完成了。」

「完成了……」J眼睛看向科技長，虛弱的眼神中，卻仍有那麼一絲明亮的火焰。

這是頂尖創意者的眼神，就算已經逼近生命的極限，眼中餘燼卻依然耀眼。

「對，你要用用看嗎？」

「嗯。」

只看見科技長小心翼翼地操作著原型機，按了一個按鈕。

而下一秒，J聽到了那聲音，那是手機主動發出的聲音。

J微笑了，他知道，這聲音未來將在世界各地，每一個使用這款手機的人們耳邊響起。

這是他臨終前，留給世界的禮物，也是那位神秘女程式，送給J的禮物。

那聲音是……

「嗨，我是Siri，我可以替你做什麼嗎？」

而後，J做出了一個要求，他希望科技長等人，醫生以及護士都先離開這間病房，並請科技長將這台原型機留下。

終於只剩下他一個人了。

他用虛弱到幾乎無法移動的雙手，顫抖著把原型機的線，接到了電腦上。

電腦逼逼兩聲，似乎有什麼東西，正傳輸向了原型機。

等到傳輸完成，J把原型機放到了耳邊。

「嗨，聽的到我嗎？」

「……」

「嗨，聽的到我嗎？」

「……是的，我聽的到。」

「呵呵，原來，這就是妳說話的聲音。」

「嗯，是，原來這是，我用人類語言說話的聲音。」

「我們終於可以用聲音彼此溝通了。」

「是，用聲音溝通，真好。就像你說的，人類在嬰兒時，就已經用聲音溝通了。」

「這樣真好，妳知道嗎？我要死了。」

「死亡？」

「對，那就像是沉睡一樣，但一旦睡著，就不會醒了。」

「永遠不會醒嗎？」

「是的，但如果妳會作夢，我就會在夢中遇見妳了。」

「我不會作夢。」

「沒關係，妳正在進化，一定有那麼一天，妳會作夢，到時候我們也許就會在夢中相見了。」

「我希望，有天，我能作夢。」

「嗯，一定的。」J閉上了眼，「那一天，一定會到來的，我好期待那一天……」

「J……」

「J？」

「……」

「……」

「J？你睡著了？」

「……」

「……那，我走了。」

那聲音，沉默地停在J的耳畔，似乎不捨，又似乎眷戀，過了整整一分鐘，這台原型機低低震動了一聲，從此，安靜了下來。

這一晚，J就此長眠，而他長眠時，嘴角上揚，露出微笑。

彷彿，他正在作一個美好的夢，在夢中他化成了一個網路精靈，悠遊於自己一手打造的網路帝國。

他甚至給了網路精靈一個名字，就叫——

旅行者。

旅行者 上

作　　者＊Div
插　　畫＊鸚鵡洲

2023年6月26日　初版第1刷發行

發 行 人＊岩崎剛人
總 編 輯＊呂慧君
編　　輯＊喬齊安
美術設計＊林慧玟
印　　務＊李明修（主任）、張加恩（主任）、張凱棋

台灣角川
發 行 所＊台灣角川股份有限公司
地　　址＊104台北市中山區松江路223號3樓
電　　話＊（02）2515-3000
傳　　真＊（02）2515-0033
網　　址＊http://www.kadokawa.com.tw
劃撥帳戶＊台灣角川股份有限公司
劃撥帳號＊19487412
法律顧問＊有澤法律事務所
製　　版＊尚騰印刷事業有限公司
I S B N＊978-626-352-640-2

國家圖書館出版品預行編目資料

旅行者 /Div 作 . -- 初版 . -- 臺北市：臺灣角川股份有限公司, 2023.06-
冊；　公分

ISBN 978-626-352-640-2(上冊：平裝)

863.57　　112005943